BASTEI
LÜBBE

Aus der Taschenbuchreihe CAPRICE sind nachstehende Romane erhältlich. Fragen Sie im Buch- oder Zeitschriftenhandel nach diesen Titeln:

Fayrene Preston

Bis du deine *Sehnsucht* stillst...

Ein Caprice-Roman

Ins Deutsche übertragen
von Britta Evert

BASTEI
LÜBBE

BASTEI-LÜBBE-TASCHENBUCH
Band 58 117

Erste Auflage:
Februar 1994

Published by arrangement
with Bantam Book, a division of
Bantam Doubleday Dell Publishing
Group, Inc., New York
Caprice-Romane stammen aus der
amerikanischen Taschenbuch-
Reihe ›Loveswept‹

Deutsche Lizenzausgabe 1994
Bastei-Verlag
Gustav H. Lübbe GmbH & Co.
Bergisch Gladbach
Originaltitel:
The Princess and the Pea
Titelillustration: Pepe Gonzalez/
Norma Agency, Barcelona
Umschlaggestaltung:
Quadro Grafik, Bensberg
Satz: VID Verlags- und
Industriedrucke GmbH & Co. KG,
Villingen-Schwenningen
Druck und Verarbeitung:
Clausen & Bosse, Leck
Printed in Germany

ISBN 3-404-58117-2

Der Preis dieses Bandes
versteht sich einschließlich der
gesetzlichen Mehrwertsteuer.

1

Im weichen Dämmerlicht des Abends stand Melisande Lanier neben ihrem alten, verwitterten Kombi, holte tief Atem und lächelte. Die Luft duftete genauso, wie sie es in Erinnerung hatte – nach Rosen, Jasmin und Glyzinien. Der zarte Geruch beschwor träge Sommertage und milde, beschauliche Sommernächte herauf.

Und das Haus . . .

Melisande hatte festgestellt, daß Kindheitserinnerungen aus der Perspektive eines Erwachsenen oft anders aussahen, aber diesmal war es nicht so. Im Zwielicht des frühen Abends wirkte das Haus auf wunderbare Weise unberührt von der Zeit. Sie hatte das Gefühl, wieder acht Jahre alt zu sein, das Kind, das unbeschwert und vergnügt durch die Spalierbögen hin und her lief, die sich seitlich vom Haus befanden und von tiefblauen Glyzinien dicht überwuchert waren.

Das Haus war groß und langgestreckt, mit einem Dach, das zahlreiche Schornsteine zierten. Eine tiefe, schattige Veranda zog sich über die gesamte Vorderfront und an einer Seite des Hauses entlang. An der Ecke verbreiterte sie sich zu einem Halbkreis, der Platz genug für einen Tisch und Stühle bot und von einem kleinen Spitzdach gekrönt war. Auf der anderen Seite bildete ein Ecktürmchen, das zwei Stockwerke hinaufreichte, das Gegenstück. Im ersten Stock gab es einen Balkon, der von den hohen Flügeltüren des Hauptschlafraums aus betreten werden konnte. Spitzenartige Zierbögen schmückten jeden rechten Winkel, und das Haus sah aus wie eine verzierte Zuckergußtorte, eigens für ein großes Fest gebacken.

Aber Melisande wußte, daß die Zeit der Feste vorbei war, und zwar seit vielen Jahren.

Ein durchdringender Summerton riß sie aus ihrer Träumerei. Mit einem Seufzer in Erinnerung an vergangene Zeiten, die nie wiederkehren würden, warf sie einen Blick auf ihre Armbanduhr und drückte auf den Knopf, der den Weckton abstellen würde. Vier Minuten waren seit ihrer Ankunft vergangen, kaum zu glauben. Es sah ihr nicht ähnlich, derartig die Zeit zu vertrödeln, aber schließlich kam es nicht jeden Tag vor, daß sie einen Ort wiedersah, an dem sie seit zwanzig Jahren nicht gewesen war.

Sie erinnerte sich an den Wecker und was er signalisierte, beugte sich zum Wagenfenster und nahm ihre schwarze Chanel-Tasche vom Sitz, um ein Röhrchen mit Magentabletten herauszufischen und zwei Tabletten in den Mund zu stecken. Dann hängte sie sich die Tasche über die Schulter und lief die Stufen zur Vordertür hinauf.

Sie konnte niemanden entdecken, als sie durch die Fliegengittertür spähte, aber sie hörte ein scharrendes Geräusch, das andeutete, daß irgend jemand im Haus arbeitete. Sie drückte auf die Klingel, während sie einen Finger der anderen Hand um eine lange Locke ihres Haars schlang. Früh am Morgen, noch vor Sonnenaufgang und vor ihrer Abfahrt aus Dallas, hatte sie ihr Haar erbarmungslos zu einem festen Pferdeschwanz zusammengebunden, aber jetzt schien es so, als hätte sich mindestens die Hälfte ihrer Mähne befreit. Der Gedanke kümmerte sie kaum.

Wieder drückte sie auf die Klingel. Erst jetzt bemerkte

sie, was ihr vom Wagen aus entgangen war. Der Anstrich des Hauses war abgeblättert und rissig. Während sie darauf wartete, daß jemand zur Tür kam, kratzte sie mit einem kurzen, unlackierten Fingernagel an der verwitterten Farbe herum. Nachdem es ihr gelungen war, einen schmalen Streifen Holz rund um den Klingelknopf freizulegen, sah sie wieder auf ihre Uhr. Verdammt noch mal, sie verschwendete Zeit, und sie haßte es, Zeit zu verschwenden. Sie mußte noch Sam anrufen, um sich zu erkundigen, wie die Besprechung mit der Automobilfirma in Fort Worth verlaufen war, und sich darum kümmern, einen Anhänger zu mieten. Und ihre Magentabletten zeigten bis jetzt auch noch keine Wirkung. Sie sollte wirklich daran denken, regelmäßig etwas zu essen.

»Hallo?« rief sie, während sie die Tür öffnete und das Haus betrat.

Sie wandte sich dem Eßzimmer zu, aus dem das scharrende Geräusch zu kommen schien. Ein Mann stand mit dem Rücken zu ihr auf einer Leiter und kratzte Farbe vom Deckenstuck. Er war barfuß und pfiff tonlos vor sich hin.

Sie blieb wie angewurzelt stehen und starrte ihn mit offenem Mund an.

Die enge Jeans und das T-Shirt, das er trug, schmiegten sich an einen Körper, der ihre Gedanken rasen und ihr Herz schneller schlagen ließ. Und sein Hinterteil – also, da würde jede Frau Augen machen, sagte sie sich. Seine Hüften waren schmal und schienen geradezu nach der Berührung der Hände einer Frau zu schreien. Zu ihrer Überraschung wurden ihre Handflächen plötzlich feucht.

Sie riß sich zusammen, machte den Mund zu und rief

sich ins Gedächtnis, daß es ihr Job war, Körper so ausgiebig zu beobachten. Und nach professionellen Maßstäben gemessen, hatte dieser Mann einen Po, der wie geschaffen für Jeanswerbung war, und einen Oberkörper, mit dem er mehr T-Shirts verkaufen könnte als Marlon Brando in den fünfziger Jahren, als er in dem Film ›Der Wilde‹ spielte und aller Welt bewies, daß T-Shirts nicht nur als Unterwäsche geeignet waren. Der Mann auf der Leiter vergeudete seine Zeit mit dem Entfernen alter Farbschichten. Als Model könnte er ein Vermögen machen. Sie fragte sich, ob er einen Agenten hatte, und machte sich im Geist eine Notiz, es herauszufinden.

»Entschuldigung, könnten Sie mir vielleicht helfen?«

Cameron Tate fuhr herum. Seine Augen weiteten sich, als er die junge Frau sah, die die Ruhe und den Frieden des Abends nicht nur durch ihre Stimme, sondern durch ihre reine Anwesenheit störte.

Sie trug uralte abgeschnittene Jeans, die lange Beine und straffe Schenkel sehen ließen, und ein ärmelloses T-Shirt mit U-förmigem Ausschnitt, das einmal blau gewesen sein mochte, jetzt aber eine verblaßte Grauschattierung hatte. Vervollständigt wurde ihre Aufmachung durch ein Paar ausgetretene Tennisschuhe – keine Socken – und eine teuer wirkende Handtasche. Aber nicht ihre Kleidung war es, die seine Aufmerksamkeit fesselte.

Sie war es.

Sie hatte grüne Augen, die wie ein tiefer See schimmerten, honigfarbene, weiche Haut und eine wilde Mähne blonden Haars, das in ihm den Wunsch erweckte, zu sehen, wie zerzaust es nach Stunden im Bett mit ihr aussehen würde.

Sie lächelte ihn an. »Hi! Ich bin Mel Lanier. Tut mir leid, daß ich Sie erschreckt habe, aber ich habe geklingelt.«

»Sie heißen Mel?«

Es fiel ihr schwer, ihn nicht anzustarren, deshalb versuchte sie so rasch wie möglich, eine Liste seiner Vorzüge aufzustellen, wie sie es bei jedem anderen getan hätte, der für einen Job als Model in Frage kam. Ihre Arbeit hatte ihr immer ein Gefühl von Sicherheit gegeben, und Sicherheit konnte sie im Moment dringend brauchen.

Sein dichtes dunkelblondes Haar war nicht stilvoll frisiert, die Länge ließ ahnen, daß seit dem letzten Friseurbesuch des Mannes eine Weile verstrichen war. Und seine ausgeprägt markanten Gesichtszüge entsprachen nicht jener Art konventionell gutem Aussehen, das sie von ihrer Arbeit mit männlichen Models gewöhnt war. Dennoch war sie bereit, jede Summe darauf zu setzen, daß sich jedes Magazin mit ihm auf dem Titelblatt wie warme Semmeln verkaufen würde – und nicht die Männer würden es kaufen.

Er strahlte eine Männlichkeit aus, die alles in ihr zum Prickeln brachte. Allein ihn anzusehen, reichte aus, um sie an Sex denken zu lassen. Und nicht an die Art Sex, die sie aus ihrer – zugegeben begrenzten – Erfahrung vom College kannte, die Art, die aus heimlichen Knutschereien und sehr wenig Befriedigung bestanden hatte. Nein, die Art Sex, an die dieser Mann sie denken ließ, war die Art, die sie jeden Tag heraufzubeschwören versuchte, um alle möglichen Produkte an den Mann zu bringen, ganz gleich, um was es sich handelte. Die Art Sex, die Bilder der Verzauberung, der Besessenheit und vor allem Bilder unvorstellbaren Glücks wachrief.

Und als wäre das nicht genug, hatte er auch noch die strahlend blauen Augen eines Paul Newman. Dieser Mann, schloß sie, könnte von Banken über Autos bis zu Kühlschränken einfach alles zum Verkauf anpreisen, und sie würde anbeißen – und mit ihr jede andere Frau in Amerika.

Ihr fiel plötzlich auf, daß er sie etwas seltsam musterte. Zweifellos erwartete er eine Antwort von ihr. »Eigentlich lautet mein Vorname Melisande, aber jeder nennt mich Mel.«

Er wischte die Spachtel, die er benutzt hatte, an einem Lappen ab und fixierte seine Besucherin mit seinen durchdringenden Augen. »Melisande ist ein ungewöhnlicher Name.«

»Ja, das ist er wohl.« Ihr Name gab immer Anlaß zu Bemerkungen, und aus diesem Grund erwähnte sie ihn nie, solange sie nicht danach gefragt wurde. »Ich suche Cameron Tate. Könnten Sie mir sagen, wo ich ihn finden kann?« Ihr kam der Gedanke, daß er vielleicht über den Terminplan des neuen Besitzers des Hauses Bescheid wußte und damit über dessen derzeitigen Aufenthaltsort informiert wäre, daher sah sie auf die Uhr und fügte hinzu: »Es ist sieben Uhr einundfünfzig.«

Er stieg die Leiter hinunter. »Wer war so romantisch, Sie Melisande zu nennen? Ihre Mutter oder Ihr Vater?«

Ungeduld war ein vertrautes Gefühl für sie. Sie hatte die Erfahrung machen müssen, daß nicht jeder so gehetzt lebte wie sie, und wie schon oft, unterdrückte sie auch jetzt ihren Ärger und antwortete höflich: »Meine Mutter.«

»Ihr Vater war nicht romantisch?«

Ihr Vater war ein Trinker gewesen, aber das hatte sie noch niemandem erzählt, und sie würde es bestimmt nicht diesem Mann verraten, nur weil er Augen hatte, die eine Frau dazu verleiteten, sich auszumalen, wie es sein mochte, mit ihm ins Bett zu gehen. Ein Anflug von stählerner Entschlossenheit legte sich unter die Höflichkeit ihrer Stimme. »Es wäre wirklich sehr hilfreich, wenn Sie mir sagen könnten, wo ich Mister Tate um diese Tageszeit finden kann.« Wieder sah sie auf ihre Uhr und teilte ihm mit: »Es ist sieben Uhr zweiundfünfzig . . . und zweiundzwanzig Sekunden.« Sie hatte den Drang, letzteres hinzuzufügen, nicht unterdrücken können und ärgerte sich sofort über sich selbst. Nach der Gardinenpredigt, die ihr ihr Arzt am Vortag gehalten hatte, sollte sie sich wirklich etwas mehr Mühe geben.

»Sie wissen auf die Sekunde, wie spät es ist?«

Er schien diesen Umstand befremdlich zu finden, und ihre Antwort klang entsprechend unwillig. »Das ist kein Problem. Alles, was man dazu braucht, ist eine Uhr.« Ihre war eine Digitaluhr und eine Marke, von der sie wußte, daß sie präziser als die meisten anderen war. »Könnten Sie mir jetzt vielleicht sagen . . .?«

Er ging langsam auf sie zu, und je näher er kam, desto deutlicher war für ihn der Hauch von Sommersprossen zu sehen, der über ihrer Nase und ihren Wangen lag. Entzückend, dachte er. Aber die Schatten unter ihren Augen . . . woher mochten sie kommen? »Hat Phyllis Sie geschickt?«

Noch während er fragte, kannte er die Antwort. In der Prozession von Freundinnen seiner Schwester, die ihm in den letzten Wochen vorgeführt worden war, hatte keine auch nur annähernd Ähnlichkeit mit dieser Frau, dieser Melisande, gehabt, die aus der Dämmerung aufgetaucht war. Die anderen waren alle vollkommene, zarte, pastellfarbene Rosenknospen gewesen, blaublütige Prinzessinnen der Südstaaten bis zu den Spitzen ihrer perfekt manikürten Fingernägel.

Aber Melisande war eine springlebendige, sinnliche wilde Rose in voller Blüte, und zu seiner Überraschung ertappte er sich bei dem Wunsch, diese Blume zu pflücken.

Sie schüttelte den Kopf. »Tut mir leid, aber ich kenne keine Phyllis.«

Sein Blick wanderte unbekümmert an ihr auf und ab. »Melisande ist ein schöner Name. Er weckt Erinnerungen an eine geheimnisvolle, verzauberte Romantik, wie man sie heutzutage nicht mehr oft findet. Sie sollten ihn nicht abkürzen.«

Sie war selten um eine Antwort verlegen, aber in diesem Moment verschlug es ihr die Sprache. Vermutlich lag es an seinen Augen. Es waren die Augen eines Mannes, dem nichts entging, und der manchmal mehr sah, als seinen Mitmenschen lieb war, wie sie vermutete. Sie wußte nicht, womit er sich seinen Lebensunterhalt verdiente, aber sie war fest davon überzeugt, daß er seine Zeit nicht nur damit verbrachte, Farbreste von Wänden zu kratzen.

»Übrigens«, fuhr er fort, »die Klingel geht nicht.«

»Ach?« Plötzlich wurde sie sich eines leisen Kribbelns auf ihrer Haut und an ihren Nervenenden bewußt.

»Sie sind nicht von hier, oder?« fragte er.

»Nein.« Er nickte, als hätte er diese Antwort erwartet. Sie fügte hinzu: »Ich lebe in Dallas. Sagen Sie . . . kennen Sie Cameron Tate überhaupt?«

Er wich ihren Fragen nicht direkt aus; es wirkte nur so, als wäre er an seinen eigenen Fragen und ihren Antworten darauf mehr interessiert. »Was machen Sie hier in Lacy? Es liegt ein Stück von den Hauptstraßen entfernt, und dadurch wird es zu einem eher weltabgeschiedenen Ort.«

Ihr fiel auf, daß sie mit den Zähnen knirschte, und sie zwang sich, sich zu beruhigen. »Ich suche Mister Tate.«

Der Muskel, der an ihrem Kiefer zuckte, erregte seine Aufmerksamkeit. Er würde nichts mehr erfahren, bis sie ihre Antwort hatte. »Dann ist heute mein Glückstag«, murmelte er mit einer tiefen, belegten Stimme, die so klang, als hätte er heiße Melasse unter der Zunge.

Ihr blieb der Mund offenstehen. Schon wieder. »*Sie* sind Cameron Tate? Warum haben Sie das nicht gesagt?«

»Habe ich das nicht gerade?« Sein Blick senkte sich auf ihre Lippen. »Was kann ich für Sie tun, Melisande?«

Sie verlor selten die Fassung. Unter Druck einen kühlen Kopf zu bewahren war eines ihrer Markenzeichen. Und ich bin auch jetzt nicht aus der Fassung geraten, redete sie sich ein. Alles würde gutgehen. Das hier war eine einfache Sache. Immerhin waren Angebot und Nachfrage die Grundlage jeden Geschäfts. Und er hatte etwas, das sie wollte, und sie war bereit, dafür zu zahlen. »Sie können mir Ihr Bett verkaufen.«

Ein Anflug von Belustigung blitzte in seinen Augen auf. »Das wird ja immer interessanter. Ich besitze mehrere Betten, Melisande. Könnten Sie etwas genauer werden?«

Sie ließ sich nicht einmal mehr von der Tatsache ablenken, daß er sie mit ihrem vollen Namen nannte. Und obwohl es eine gewisse Versuchung darstellte, verdrängte sie jeden Gedanken daran, sich zu fragen, wie viele Betten er besaß und zu welchem Zweck er sie brauchte. Ihr Ziel war in Sichtweite, und wie gewohnt ging sie schnurstracks darauf los. »Es ist das große Kirschholzbett mit den vier Pfosten und der wundervollen Matratze, das Sarah St. Jerome, der früheren Besitzerin dieses Hauses, gehört hat. Es steht in dem großen Schlafzimmer im ersten Stock, das früher ihr Zimmer war.«

Er nickte. »Das ist jetzt mein Schlafzimmer.«

»Gut, dann wissen Sie genau, wovon ich rede.«

Er hatte nicht die leiseste Ahnung. Mehr noch, es kümmerte ihn nicht. Gedanken und Gefühle überschlugen sich in seinem Inneren, und seine vorherrschende Empfindung war Faszination. Er wußte, daß Melisande wahrscheinlich bei weitem nicht die Frau war, die Phyllis vorschwebte, aber das Anspannen seiner Muskeln sagte ihm, daß sie genau das sein könnte, was *er* wollte. »Ich weiß, von welchem Bett Sie reden. Es ist das Bett, in dem ich schlafe.«

»Es ist ein wundervolles Bett, nicht wahr?«

»Ich kann nicht klagen.«

Er hatte sich weder gerührt, noch hatte sich der Tonfall seiner Stimme geändert, aber plötzlich hatte sie das Gefühl, durch ein Minenfeld zu gehen, auch wenn sie nicht wußte, warum. Sie war an einem Ort, an dem sie eine kurze, aber unvergeßlich glückliche Spanne Zeit verbracht hatte. Es gab keinen Grund für dieses Herzflattern. »Sie sagten bereits, daß Sie noch andere Betten besitzen, also sollte es in der Hinsicht kein Problem geben. Sie sind sicher sehr beschäftigt, und ich möchte Ihnen nicht mehr Zeit als nötig stehlen, wenn Sie mir also Ihren Preis nennen würden, stelle ich einen Scheck aus, kümmere mich um den Transport und bin schon unterwegs.«

Da die Angelegenheit in ihren Augen geregelt war, ließ sie ihren Blick durch den Raum wandern, ihr Verstand – wie fast immer – auf Hochtouren. Sie lebte ihr Leben mit

Überschallgeschwindigkeit und konnte mühelos drei Telefonate zugleich handhaben und dabei eine Werbekampagne ausarbeiten. Kein Wunder, daß diese Transaktion sie nervös machte; sie verschlang unnötig viel Zeit.

Der Blick seiner blauen Augen ruhte unverwandt auf ihr, und sie fragte sich, was er gerade dachte. Das Schweigen dehnte sich aus, bis sie sich verpflichtet fühlte, es zu brechen.

»Hören Sie, wenn ich einen Blick in Ihr Branchenbuch werfen dürfte, könnte ich herausfinden, wo ich in der Nähe einen Anhänger mieten kann. Mit etwas Glück könnte ich gegen« – sie sah auf ihre Uhr – »neun Uhr dreißig, spätestens neun Uhr fünfunddreißig wieder unterwegs sein. Werden Sie die Tapete auch ablösen? Schade drum, aber sie ist in ziemlich schlechtem Zustand.« Sie war es gewöhnt, rasch von einer Idee auf die nächste umzuschwenken, aber sie wurde das irritierende Gefühl nicht los, daß es sich bei diesem Themenwechsel um ein Ablenkungsmanöver und reine Selbstverteidigung handelte. »Vermutlich ließe sich ein ähnliches Muster auftreiben.« Sie trat näher an die Wand und zupfte an einem losen Stück Tapete. »Es gibt auch die Möglichkeit, diesen Druck reproduzieren zu lassen.« Das wußte sie, da sie einmal eine Werbekampagne für ein derartiges Unternehmen geführt hatte. »Es würde einiges kosten, aber das Resultat wäre einfach wundervoll. Andererseits gibt es etliche Muster auf dem Markt, die zu einem vernünftigen Preis zu haben sind. Es hängt nur davon ab, wieviel Sie ausgeben wollen.«

Er neigte den Kopf leicht zur Seite, aber aus welchem Winkel auch immer, der Anblick, der sich ihm bot, war atemberaubend. Sie war nicht schön in dem Sinn, wie es

Phyllis und ihre Freundinnen waren. Und sie schien eine Art Tick mit ihrer Uhr zu haben. Aber er hatte das eigenartige und faszinierende Gefühl, gerade etwas verloren zu haben, die Möglichkeit vielleicht, sein Herz ganz und unversehrt für sich zu behalten.

Sie sah ihn an. »Das Branchenverzeichnis?« erinnerte sie ihn höflich.

»Möchten Sie eine Tasse Kaffee?«

Sie schüttelte den Kopf. »Ich trinke nie koffeinhaltige Getränke.«

Ein Glück, dachte er amüsiert. Sie war ohnehin schon so aufgedreht wie ihre prachtvollen Ringellocken. »Ich glaube, ich habe in der Speisekammer etwas Kräutertee gesehen. Sarah war anscheinend eine Teetrinkerin.«

Funkelnde blaue Lichter tanzten in seinen Augen. Es war nicht so, als hätte sie noch nie funkelnde Augen gesehen, das hatte sie, aber . . .

Sie nickte geistesabwesend, während sie daran dachte, daß er die interessantesten Augen hatte, die sie je gesehen hatte. Dann wurde ihr klar, daß sie gerade zugestimmt hatte, eine Tasse Tee mit ihm zu trinken. Sie schüttelte so energisch den Kopf, daß ihre Locken hin und her flogen. »Vielen Dank, aber ich habe wirklich keine Zeit.«

Sie hob die Hand, um einen weiteren Blick auf ihre Uhr zu werfen, aber zu ihrer Überraschung legte er seine Hand um ihren Arm, und bevor sie wußte, wie ihr geschah, führte er sie in die Küche.

»Ich weiß. Sie müssen bis spätestens neun Uhr fünfunddreißig wieder unterwegs sein, aber ich fürchte, mit diesem Zeitplan werden Sie Probleme haben.«

Seine Berührung löste beunruhigende Dinge in ihrem Nervensystem aus, und ihr wurde leicht schwindlig. So sehr sie es haßte, ihrem Arzt recht zu geben, vielleicht war sie tatsächlich knapp davor, schwer krank zu werden. »Warum?«

»Also zum einen gibt es, soweit ich weiß, in der Nähe keine Möglichkeit, einen Anhänger zu mieten.« Er ließ ihren Arm los, als er vor der Speisekammer stand. »Sie müßten in die nächste Stadt fahren, und auch dort wird so spät niemand mehr offen haben.«

Sie hatte diese Möglichkeit in Erwägung gezogen und sich widerstrebend darauf vorbereitet, die Nacht hier zu verbringen. Sie war Realistin, und obwohl sie es eindeutig vorgezogen hätte, noch in dieser Nacht nach Hause zu fahren, wußte sie, daß ihre übermüdeten Augen etwas Ruhe vertragen konnten. Aber freudig sah sie der Aussicht auf eine Übernachtung nicht entgegen. Seit mindestens einem Jahr war es ihr nicht gelungen, gut durchzuschlafen, nicht einmal in ihrem eigenen Heim. Sie wußte, sie würde es nie schaffen, an einem fremden Ort und in einem fremden Zimmer zu schlafen, wo vermutlich schon zehntausend und mehr Fremde vor ihr geschlafen hatten.

Aber sowie sie Tante Sarahs Bett hatte, würde ihre Schlaflosigkeit verschwinden. Ein bis zwei weitere Nächte ohne Schlaf würden sie nicht umbringen. »Dann muß ich eben in ein Motel gehen. Ich habe ganz in der Nähe eins gesehen.«

Er lächelte. »Sie könnten hier bleiben.«

In einem Moment der Unzurechnungsfähigkeit erwog sie tatsächlich, seine Einladung anzunehmen, und sie war sich nicht sicher, ob es an ihm oder an dem Bett lag. »Sie meinen, ich könnte in dem Kirschholzbett schlafen?«

Das Zwinkern in seinen Augen verstärkte sich.

»Sicher, könnten Sie. Aber wie gesagt, ich schlafe auch in dem Bett.«

Sie starrte ihn an. Hatte er ihr gerade einen eindeutigen Antrag gemacht? Komisch, aber sie fand die Vorstellung weder so lächerlich noch so beleidigend, wie sie sollte. Sie mußte müder sein, als sie dachte.

Er zeigte ihr ein Päckchen Tee. »Ist das in Ordnung?«

»Perfekt.« Dankbar, irgend etwas tun zu können, riß sie es ihm aus der Hand und nahm den Teekessel vom Herd. Sie ging zur Spüle, füllte den Kessel und kehrte zum Herd zurück. Während sie in die Flamme starrte, die unter dem Kessel brannte, dachte sie an seine Augen. Verdammt! »Vielleicht gibt es jemand in der Nähe, der einen Pick-Up hat und froh wäre, sich ein bißchen Geld mit dem Transport des Betts nach Dallas zu verdienen.« Sie sah über die Schulter zu ihm. »Kennen Sie jemand, der in Frage kommt?«

»Dallas?« Er schüttelte den Kopf. »Das ist eine lange Fahrt. Sind Sie heute die ganze Strecke gefahren?«

»Ja«, antwortete sie, während sie die Kaffeekanne musterte. »Wie alt ist dieser Kaffee? Soll ich Ihnen eine frische Kanne machen?«

»Nein, nicht nötig. Warum sind Sie so wild darauf, noch heute zurückzufahren? Sie müssen ganz schön erledigt sein.«

Sie zuckte die Achseln, während sie mit der Hand über den vagen Schmerz in ihrer Magengrube strich. »Nur ein bißchen müde, aber das bin ich eigentlich immer.«

Es fiel ihm schwer zu glauben, daß sie je müde sein konnte. Er glaubte die Energiefunken, die von ihr ausstrahlten, fast zu sehen. »Wissen Sie was? Ich bin halb verhungert. Wie steht's mit Ihnen?«

Vielleicht würde es ihr wirklich guttun, etwas zu

essen. Sie hatte dem Arzt versprochen, regelmäßige Mahlzeiten zu sich zu nehmen, aber abgesehen von einem Stück übriggebliebener Pizza, das sie heute morgen im Kühlschrank gefunden hatte, hatte sie noch nichts gegessen. Und außerdem wäre es keine Zeitverschwendung, mit ihm zu essen, argumentierte sie weiter, da sie ihn während der Mahlzeit drängen konnte, seinen Preis zu nennen. Sie runzelte die Stirn, als ihr auffiel, daß sie die Tatsache rechtfertigte, mehr Zeit mit ihm zu verbringen. Sie wirbelte zum Kühlschrank herum. »Was haben Sie zu essen?«

Er fing ihren Arm ein und führte sie behutsam zu einem Stuhl am Küchentisch. »Setzen Sie sich. Sie sind mein Gast, und das Abendessen ist meine Sache.«

»Sind Sie sicher, daß ich Ihnen nicht helfen kann?«

»Absolut.«

Ihr war wohler, wenn sie sich irgendwie betätigen konnte. Aber ich will etwas von ihm, ermahnte sie sich, also sollte ich mich bemühen, ein angenehmer Gast zu sein.

Die Küche war ein großer Raum mit allen Schränken, Regalen und Arbeitsflächen auf der einen Seite und einem rechteckigen Tisch auf der anderen. Auf den Küchenstühlen lagen verblaßte Chintzkissen, die mit adretten kleinen Schleifen an den Lehnen befestigt waren, und der Chintz paßte zu den Vorhängen, die leicht in den offenen Fenstern hin und her wehten.

»Können Sie kochen?« fragte sie in dem Versuch, etwas Konversation zu machen. Small talk war nie ihre Stärke gewesen, und als sie ihn dabei beobachtete, wie er sich vorbeugte und in den Kühlschrank spähte, gab sie ihre Bemühungen prompt auf. Meine Güte, seine Kehrseite war wie geschaffen für ein Pin-up-Bild!

Er nahm mehrere zugedeckte Schalen und Teller aus dem Kühlschrank und stellte sie auf die Arbeitsplatte. »Manchmal koche ich ganz gern, aber heute abend ist es nicht nötig. Elizabeth Cole hat mir heute mittag einen Schinken, Kartoffelsalat, gebackene Bohnen und selbstgemachtes Brot gebracht. Ich werde alles für uns aufwärmen.«

»Wer ist Elizabeth Cole?« fragte sie, während sie sich bemühte, den Blick von ihm loszureißen. Selbst seine nackten Zehen waren sexy. Wenn sie ihn engagieren könnte, für eine Jeans-Werbung Modell zu stehen, würde der Text lauten:

Ladies, wärt ihr nicht scharf drauf, ihm die Hose vom Leib zu reißen? Kauft ihm eine – und habt euern Spaß!

»Elizabeth ist eine Freundin meiner Schwester. Seit ich hier bin, hat Phyllis es sich zur Aufgabe gemacht, eine passende Braut für mich zu finden.«

»Braut?« Sie spürte einen scharfen, stechenden Schmerz in ihrem Magen. Mitten auf dem Tisch stand ein Korb mit rosa, violetten und blauen Papierservietten. Sie griff nach dem Stapel und begann, ihn fein säuberlich nach Farben zu ordnen. »Wollen Sie denn heiraten?« fragte sie beiläufig.

»Sicher. Wenn und falls die Richtige aufkreuzt.« Er drückte auf ein paar Knöpfe eines offensichtlich brandneuen Mikrowellengerätes. »Aber Phyllis' Vorschläge schießen weit am Ziel vorbei. Bis jetzt hat sie noch nicht annähernd ins Schwarze getroffen.«

»Ich weiß nicht«, meinte sie, ehrlich bemüht, fair zu sein. »Jemand, der so ohne weiteres Brot backen kann, scheint keine schlechte Wahl zu sein. Waren Sie mit dieser Elizabeth schon mal aus?«

»Nein.«

»Warum nicht? Ist sie häßlich?« Arme Elizabeth, dachte Mel, während sie die Servietten zu Dreiecken faltete. Vermutlich war sie eine dieser unscheinbaren alten Jungfern mit schlechter Haut und dicken Brillengläsern und Hemdblusenkleidern, die von ihrer Mutter stammen könnten. Sie würde nicht lange in der Stadt bleiben, aber sollte sie Elizabeth zufällig kennenlernen, könnte sie ihr vielleicht ein paar Tips geben . . .

»Nein, ganz im Gegenteil, sie ist sehr attraktiv.«

»Oh.« Zur Hölle mit Elizabeth, dachte sie unbarmherzig. Offensichtlich brauchte die Frau weder ihr Mitgefühl noch ihren Rat.

»Aber wenn ich mit jeder Frau ausgehen würde, die meine Schwester hierher gelotst hat, würde ich nie mit der Renovierung des Hauses fertig werden.«

Früher oder später würde er sich wahrscheinlich doch bequemen, die kulinarisch begabte und darüber hinaus attraktive Elizabeth auszuführen, dachte Mel seltsam bedrückt. Sie legte die Servietten in einem interessanten Muster in den Korb zurück. Nachdem das erledigt war, sah sie sich nach einer anderen Beschäftigung um. »Ein Haus von dieser Größe zu renovieren ist eine ganz schöne Aufgabe. Haben Sie Ihre Schwester gebeten, keine Freundinnen mehr herzubringen?«

»Hab' ich, aber davon läßt sie sich nicht aufhalten, und da sie einen Punkt in ihrem Leben erreicht hat, an dem sie etwas Ablenkung brauchen kann, lasse ich ihr das Vergnügen. Es ist ein relativ harmloser Zeitvertreib.«

»Für Sie vielleicht, aber was ist mit den Frauen? Ich bin sicher, sie würden Sie liebend gern heiraten.« Sie konnte sich lebhaft ausmalen, wieviel Kummer es einer Frau bereiten würde, wenn sie sich Hoffnungen auf ihn machte, die dann zerstört wurden.

Er musterte sie scharf. »Wie kommen Sie darauf?«

Sie hatte keine Ahnung. »Reine Vermutung.«

»Jedenfalls habe ich keine von ihnen ermutigt.«

»Ein Blick auf Sie würde reichen, sie zu ermutigen«, murmelte sie.

»Was?«

»Nichts.« Nicht zu fassen. Sie reagierte tatsächlich auf ihn als Mann. Sie versuchte sich zu erinnern, wann so etwas zum letzten Mal passiert war, aber es gelang ihr nicht. Ein Mann war entweder ein Klient, ein Angestellter, der Ehemann, Freund oder Bruder einer Freundin oder ein Mittel, um ein Produkt zu verkaufen. Bis zu dieser Minute hatte sie versucht, Cameron Tate in die letzte Kategorie einzuordnen – mit wenig Erfolg, wie sie sich eingestand.

Er stellte zusammen mit einem Glas Wasser einen Becher heißen Kräutertee vor sie auf den Tisch, beugte sich dann vor und legte seine Hände auf ihre, um sie daran zu hindern, die Salz- und Pfefferstreuer in einer geraden Linie neben dem Serviettenkorb aufzureihen. »Können Sie nie stillsitzen?«

Ihre Blicke trafen sich. Seine Wimpern waren dicht, stellte sie automatisch fest, und er strömte einen Duft aus, der alles beinhaltete, was unverfälscht männlich war – Moschus, Erdverbundenheit, Verlangen . . . Oder war es ihr eigenes Verlangen, das sie riechen konnte? Sie schluckte den Kloß, der ihr in die Kehle gestiegen war. »Ich bin es gewöhnt, sechzehn Stunden am Tag zu arbeiten. Es fällt mir schwer, einfach rumzusitzen und nichts zu tun.« Es war die Wahrheit, aber in diesem speziellen Fall hatte sie den unbestimmten Verdacht, daß ihr Aktivitätsdrang direkt auf ihn zurückzuführen war.

»Trinken Sie Ihren Tee«, sagte er leise. »Dann haben Sie etwas zu tun.«

Da sie gewillt war, alles zu tun, um nicht mehr im Brennpunkt seiner Aufmerksamkeit zu stehen, nickte sie zustimmend.

Aber er richtete sich nicht gleich auf. Statt dessen hob er eine Hand und strich über eine lange, seidige Korkenzieherlocke, die ihr ins Gesicht fiel. »Ist das eine Dauerwelle?«

Sie weigerte sich, ihm auch nur mit dem leisesten Anzeichen zu verraten, was seine Nähe in ihr bewirkte. »Das ist eine ausgesprochen unhöfliche Frage. Genausogut könnten Sie eine Frau fragen, ob ihre Haarfarbe echt ist.«

Seine Lippen verzogen sich langsam zu einem Lächeln. »Ich weiß bereits, daß Ihre Haarfarbe echt ist, Melisande – anders ist es gar nicht möglich –, und ich nehme an, diese Locken sind es auch.«

»Mein Name ist Mel. Und glauben Sie mir, wenn ein Friseur für meine Haar verantwortlich wäre, würde ich ihn verklagen.«

Sein Lächeln vertiefte sich. »Wenn ich einer von den Geschworenen wäre, würden Sie keinen Cent bekommen. Ich finde Ihr Haar wundervoll. Und Ihr Name ist Melisande, das haben Sie mir selbst gesagt.« Er richtete sich auf und ging zum Herd zurück.

Er hatte gesagt, ihr Haar wäre wundervoll. Ihr wurde auf einmal ganz warm ums Herz. Sein Kompliment sollte keine so starke Wirkung auf sie ausüben, aber leider war es so. Diesen Mann hatte sie bis vor – sie sah auf ihre Uhr – zweiundvierzig Minuten nicht gekannt, und sie würde ihn nie wiedersehen, wenn sie morgen früh das Bett erst einmal abtransportiert hatte. Dennoch bewirkte er, daß ihr Herz wie eine Trommel schlug. Wie lächerlich! Seine Wirkung auf sie mußte etwas mit der duftgeschwängerten Luft zu tun haben. Auch in Dallas war die Luft voller Gerüche, aber es roch nach Vitalität, Energie und Ehrgeiz. Hier duftete es nach Romantik und Sinnlichkeit. Falls ihr die Zeit blieb, könnte sie der hiesigen Handelskammer vorschlagen, die Luft in Flaschen abzufüllen und mit einem netten kleinen Profit zu verkaufen.

Sie sah ihm bei der Zubereitung des Essens zu. Er bewegte sich in der Küche mit einer Sicherheit, die sie bewunderte, und mit einer männlichen Anmut, die sie faszinierend fand.

Nach wenigen Minuten kehrte er mit einem Korb mit ofenwarmem Brot an den Tisch zurück. Bei dem Duft lief ihr das Wasser im Munde zusammen.

»Bedienen Sie sich. Die anderen Sachen kommen gleich.«

Sie nahm sich sofort ein Stück Brot und wurde an das Brot erinnert, das ihre Großtante Sarah in jenem Sommer, den sie hier verbracht hatte, für sie gebacken hatte. »Es ist phantastisch!«

»Elizabeth ist eine hervorragende Köchin.«

Ihr Enthusiasmus ließ nach. »Sie scheint ein wahrer Schatz zu sein. Sie sollten sie sich schnappen, bevor sie es sich anders überlegt.« Zum Glück milderte das Brotstück in ihrem Mund die Schärfe ihrer Worte.

Er ging zum Herd zurück. »Und was machen Sie sechzehn Stunden am Tag, Melisande?«

»Ich führe eine Werbeagentur.«

»Wirklich? Wo ist Ihr Büro?«

»Sind Sie mit der Gegend um Dallas vertraut?«

»Ja.«

»Also mein Büro befindet sich im Nordteil der Stadt. Es ist eine günstige Lage, um das Zentrum von Dallas, Las Colinas und sogar Fort Worth zu erreichen.« Sie nippte an ihrem Tee und beäugte Cameron nachdenklich. »Was ist mit Ihnen? Sie sind nicht zufällig Model?«

Er brach in Lachen aus. »Nein, das wäre mir zuviel Arbeit.«

»Was machen Sie dann?«

»Nur Dinge, die ich liebe, und selbst davon so wenig wie möglich.«

Das kaufte sie ihm nicht ab. Irgendwie wirkte er nicht wie der Typ Mann, der sich damit zufriedengab, den ganzen Tag auf einer Couch vor dem Fernseher zu liegen und Bier zu trinken. »Häuser zu renovieren ist harte Arbeit.«

»Ja, aber es macht mir Spaß, und darauf kommt es an. Außerdem mache ich es nicht allein. Ich habe Hilfe – meine Arbeiter haben schon Feierabend gemacht. Und ich habe dieses Haus immer geliebt. Ich bin hier in Lacy aufgewachsen und mehrmals in der Woche auf meinem Rad vorbeigefahren. Als ich hörte, daß die St.-Jerome-Erben es mitsamt Inventar verkaufen wollten, machte ich sofort ein Angebot.«

Sie nickte. »Ich wünschte, ich hätte es gewußt. Ich hätte auch ein Angebot gemacht, aber man hat mir nichts davon gesagt.«

Er sah sie forschend an. »Gibt es einen Grund, warum man Sie hätte informieren sollen?«

»Nein, eigentlich nicht. Sarah St. Jerome war meine Großtante, aber wir haben nie besonders engen Kontakt gepflegt. Und um ehrlich zu sein, ich wüßte gar nicht, was ich mit dem Haus anfangen sollte. Wenn es in Dallas wäre, wäre es etwas anderes, aber das ist es nun mal nicht, und es wäre mir kaum möglich, regelmäßig herzukommen.«

»Aber Sie sagten doch, Sie hätten auch gern mitgeboten.«

»Auf das Bett.« Er starrte sie verständnislos an, und sie fügte hinzu: »Das Kirschholzbett, das im ehemaligen Schlafzimmer meiner Großtante Sarah steht, das Bett, das ich Ihnen abkaufe.«

Cameron sah in ihre grünen Augen. Einen Moment lang hatte er tatsächlich vergessen, warum sie hier war. Er stellte einen Teller, der großzügig mit Speisen beladen war, auf ihren Platz, einen zweiten auf seinen und setzte sich ihr gegenüber an den Tisch. Aber statt zu essen, stützte er die Ellbogen auf den Tisch und legte die Hände ineinander.

»Sagen Sie mir eins«, begann er langsam. »Ist mir irgend etwas entgangen? Wissen Sie, merkwürdigerweise kann ich mich nicht erinnern, das Bett zum Verkauf angeboten zu haben.«

»Aber das werden Sie doch, oder? Ich meine, das Bett bedeutet Ihnen nichts.«

Er studierte die Sorgenfalten auf ihrer Stirn, bevor er ihren Blick erwiderte. »Wie kommen Sie darauf?«

Damit hatte er sie erwischt. Sie hatte in Erwägung gezogen, daß er bisher nicht daran gedacht haben könnte, das Bett zu verkaufen, aber aus irgendeinem Grund war ihr nie der Gedanke gekommen, daß er das Bett möglicherweise gar nicht verkaufen wollte. Wieder einmal ein exzellentes Beispiel für ihren beschränkten Horizont. Wenn sie sich auf ein bestimmtes Ziel konzentrierte, machte sie sich nicht die Mühe, nach rechts oder links zu sehen. Sie marschierte einfach schnurstracks drauflos, bis sie dieses Ziel erreicht hatte. »Ja, bedeutet Ihnen das Bett denn etwas?«

»Ich habe allmählich eine gewisse Zuneigung für dieses Bett entwickelt.«

Ungeachtet ihres Hungers und des Brennens in ihrem Magen, schob sie ihren Teller beiseite. »Ja, aber es kann Ihnen doch im Grunde nichts bedeuten. Nicht das, was es mir bedeutet.«

»Vielleicht erzählen Sie mir, was es Ihnen bedeutet.«

Sie musterte ihn abschätzend, während sie überlegte, ob etwas Erfindungsgabe ihr in diesem Fall weiterhelfen würde. Bei allem anderen, was sie verkaufte, funktionierte es immer.

Er grinste. »Was bekomme ich zu hören – Dichtung oder Wahrheit?«

Es waren diese Augen. Er sah alles. Aber sie hielt seinem Blick tapfer stand. »Was soll es denn sein?«

»Versuchen Sie es mit der Wahrheit. Wenn das nicht klappt, können Sie immer noch auf die Dichtung zurückgreifen.«

Gute Idee, fand sie. »Die Wahrheit ist, daß ich einmal einen Teil des Sommers hier verbracht habe, als ich acht war. In diesen sechs Wochen ließ Tante Sarah mich in ihrem Bett schlafen, und ich hätte das Bett gern als Andenken an sie und diesen herrlichen Sommer.«

Es war nur ein Teil der Wahrheit, da war Cameron sicher, obwohl er keine Ahnung hatte, warum er das wußte. »Das ist nicht alles, oder?«

Ihre Frustration stieg. »Ist das nur bei mir so, oder können Sie jeden durchschauen?«

Er lächelte wieder. »Irgend etwas ist nur bei Ihnen so, Melisande, das kann ich nicht leugnen.«

Sie selbst war auch nicht auf den Kopf gefallen, und sie

erkannte ein Alarmsignal, wenn sie eines sah. Um keinen Preis würde sie ihn fragen, was er damit meinte. »Okay, meinetwegen. Ich habe in Tante Sarahs Bett wie ein Murmeltier geschlafen. Um genau zu sein, war es so ziemlich das letzte Mal, daß ich gut schlafen konnte, und da ich in letzter Zeit an leichten Schlafstörungen leide, wollte ich . . .«

»Wie schlimm sind Ihre Schlafstörungen?«

Sie rutschte unruhig hin und her. Es fiel ihr schwer, etwas einzugestehen, das sie als Schwäche empfand, sogar sich selbst gegenüber. »Ziemlich schlimm.«

»Ziemlich schlimm«, wiederholte er nachdenklich, den Blick auf die Schatten unter ihren Augen geheftet. »Verstehe. Und Sie sind der Meinung, das Bett wäre die Lösung für Ihre Probleme?«

»Ich weiß es. Jedenfalls kann es für Sie keine große Sache sein, mir das Bett zu verkaufen. Meine Kusine Alicia St. Jerome hat mir erzählt, daß Sie das Haus und das Bett erst seit zwei Monaten besitzen. Sind Sie sofort eingezogen?«

»Nein, ich bin erst seit einem Monat hier.«

Sie lächelte triumphierend. »Sehen Sie! In dieser kurzen Zeit können Sie sich noch gar nicht so sehr an das Bett gewöhnt haben.«

»Sie haben nur zwei Wochen länger als ich in dem Bett geschlafen.«

Ihr fiel auf, daß sie mit den Zähnen knirschte, aber sie schien nichts dagegen tun zu können. »Ja, aber das ist etwas anderes. Für die meisten Menschen ist ein Bett einfach ein Bett, und wahrscheinlich schlafen Sie wie ein Klotz.«

»Um ehrlich zu sein, ja.«

»Gut, dann nennen Sie Ihren Preis.«

»Es gibt keinen Preis.«

»Es muß einen geben«, widersprach sie verzweifelt. Sie war sich so sicher gewesen, die Lösung ihres Problems in greifbarer Nähe zu haben.

Er schüttelte den Kopf. »Nein. Ich war bereit, das Haus mit allem Drum und Dran zu kaufen, weil ich der Meinung war, die Einrichtung wäre perfekt auf das Haus abgestimmt. Ein paar Stücke haben die Erben mitgenommen, aber der Rest ist unverändert, und ich mag es genauso, wie es ist.«

Sie starrte ihn fassungslos an. »Sie können doch nicht einfach nein sagen!«

»Nicht?«

Verdammt, seine Augen zwinkerten schon wieder! Warum? Was wußte er, das sie nicht wußte? »Sagen Sie zumindest, daß Sie darüber nachdenken werden.«

Er öffnete den Mund, um etwas zu sagen, machte ihn aber gleich wieder zu. Nach kurzem Überlegen sagte er: »Na schön, Melisande, ich werde darüber nachdenken. Macht Sie das glücklich?«

»Glücklicher, als ich vor ein paar Sekunden war, aber . . .«

»Betrachten Sie es als Anfang, und jetzt essen Sie erst einmal.« Er schob ihr ihren Teller hin.

Sein Zugeständnis ist immerhin etwas, sagte sie sich, und es war bei weitem besser als ein glattes Nein. Sie hatte immer noch eine Chance, und damit würde sie sich einstweilen begnügen müssen. »Also gut, für heute abend sage ich nichts mehr zu dem Thema, aber morgen früh komme ich wieder!«

Er lächelte. »Ich freue mich schon darauf.«

2

Das Motel lag ein Stück abseits der Straße und bestand aus zehn Einheiten mit Parkplätzen, die die Einheiten voneinander trennten – für Melisande ein gutes Zeichen dafür, daß es in ihrem Quartier ruhig sein würde.

Ein älterer Mann, der sich als George Whitmark vorgestellt hatte, begleitete sie zu Apartment 1. »Neu eingerichtet«, verkündete er stolz. Er war groß und schlaksig und hatte spärliches graues Haar. »Wie gefällt es Ihnen?«

Sie begutachtete den Teppichboden und die Bettdecke, die zu den Vorhängen paßten – alles in hellem Beige. Nichtssagend, lautete ihr Urteil im Geist. »Sehr nett«, sagte sie, bevor sie sich dem zuwandte, was ihr wirklich wichtig war. »Was für eine Matratze hat das Brett?« Sie durchquerte den Raum und setzte sich auf das Bett, obwohl sie wußte, daß das kein aussagekräftiger Test war.

Er strahlte. »Sie ist brandneu. Orthopädisch. Ich bin dabei, das ganze Motel auf Vordermann zu bringen, ein Haus nach dem anderen. Die ersten beiden sind schon fertig, und jetzt arbeite ich an Nummer 3.«

Die Matratze ist bestimmt hart wie ein Brett, dachte sie resigniert, aber das war kaum von Bedeutung. Mel würde ohnehin nur kurze Zeit schlafen, wie immer. »Vielen Dank, Mister Whitmark.«

»George. Nennen Sie mich einfach George. Alle tun das. Und wenn Sie noch etwas brauchen, greifen Sie nur zum Telefon.«

Mit einem Lächeln brachte sie ihn zur Tür und räumte

dann ihren Kombi aus. Sowie sie alles, was sie mitgebracht hatte, in ihr Zimmer geschleppt hatte, zog sie das Bett ab, legte ihre eigene Spezialunterlage auf die neue Matratze, breitete ihr eigenes Laken darüber aus und fügte schließlich noch ihr eigenes Kissen hinzu. Als nächstes steckte sie ihre Schlafmaschine an und stellte sie auf den Nachttisch. Es war eines der teuersten Geräte auf dem Markt und gab ein hypnotisches helles Geräusch von sich, das angeblich andere Geräusche übertönte und dem Benutzer zu friedlichem Schlaf verhalf.

Schön wär's, dachte sie mißmutig, als sie ins Badezimmer ging, die Wanne vollaufen ließ und etwas Duftbadeöl ins Wasser goß. Der Begleittext der Schlafmaschine versprach einen hohen Erfolgsgrad, aber bei ihr hatte sich das Gerät bisher als kompletter Fehlschlag erwiesen. Aber sie stellte es immer wieder voller Hoffnung an. Es war Teil des Rituals, das sie jeden Abend vollzog.

Das entspannende Bad war ebenfalls Teil dieser Routine. Es gab nur ein Problem: das Bad entspannte sie nie. Sie hatte es immer als unglaublich langweilig und ungeheure Zeitverschwendung empfunden, in einer Wanne mit heißem Wasser zu liegen, und heute abend schien sie ruheloser denn je zu sein. Sie schoß aus dem Wasser. Ein Blick auf ihre Armbanduhr verriet ihr, daß sie fünf Minuten und zwei Sekunden durchgehalten hatte.

»Ist mir egal, was die sogenannten Schlafexperten behaupten«, murmelte sie, während sie in das weite Nachthemd schlüpfte, das sie so oft gewaschen hatte, daß es inzwischen so weich wie ihre Haut war. »Ich nehme keine Bäder mehr.«

Sie legte sich ins Bett, rutschte auf die linke Seite, wie

es ihre Gewohnheit war, nahm die Uhr ab und legte sie neben sich auf den Nachttisch, schaltete das Licht aus und schloß schicksalsergeben die Augen.

Und es kam wie erwartet. Der Schlaf wollte sich nicht einstellen.

Dann geschah das Unerwartete; Cameron tauchte unaufgefordert vor ihrem geistigen Auge auf. Cameron mit seinen blauen Augen, die eine Frau dazu bringen konnten, einfach alles zu tun, und mit diesem Lächeln, das Herzen brechen konnte. Es schien ihm nicht das geringste ausgemacht zu haben, das selbstgekochte Essen einer Frau für eine andere aufzuwärmen. Vielleicht hatte Elizabeth doch ihr Mitgefühl verdient.

Wie mochte es für eine Frau sein, sich in ihn zu verlieben? fragte sich Melisande. Sie könnte sich für immer in den Tiefen seiner Augen verlieren und es noch dazu genießen. Kurz gesagt, Cameron Tate war die schlimmste Form von Falle, die sich denken ließ, die Art Falle, in die das Opfer blindlings und bereitwillig tappte. Und wer war er eigentlich? Ihm gehörte Tante Sarahs Haus, und er hatte gesagt, daß es ihm Spaß mache, es zu renovieren. Aber Melisande hatte nicht die leiseste Ahnung, womit er sich seinen Lebensunterhalt verdiente, ob er überhaupt etwas tat. Sie wußte es nicht, obwohl sie ihn danach gefragt hatte. Er hatte gesagt, er mache nur Dinge, die er liebte, und selbst davon so wenig wie möglich. Sie hatte es nicht geschluckt, aber sie hatte nicht weiter nachgebohrt. Und sie wußte, warum.

Sie wollte nicht zuviel über ihn wissen.

Sie wollte nicht, daß er noch in ihren Gedanken herumspukte, wenn sie nach Dallas zurückfuhr. Sie wollte nicht daran denken, was er mit dem Haus machte.

Oder mit Elizabeth. Oder mit irgendeiner der anderen Ehekandidatinnen, die seine Schwester ihm vorführte.

Die Gefühle, die er in ihr weckte, hatten ihr nicht gefallen – vages Verlangen, vager Schmerz. Und ihr hatte schon gar nicht gefallen, was ihr durch den Kopf gegangen war, als sie in seiner Küche gewesen und ihn beobachtet hatte.

Mit einem Laut, der an Verzweiflung grenzte, rollte sie sich auf den Bauch und knuffte das Kissen. Sie mußte aufhören, an ihn zu denken. Sie mußte ein wenig Schlaf finden.

Und kurz vor Morgengrauen schlief sie ein, aber wie gewöhnlich war ihr Schlaf unruhig, und sie wachte nicht ausgeruht auf.

Der Wecker ihrer Armbanduhr schrillte Punkt sieben. Melisandes Hand schoß automatisch hoch, ertastete die Uhr auf dem Nachttisch und drückte auf den Knopf, der das Läuten stoppte. Mit einem Stöhnen rollte sie sich vom Bett. Ganz gleich, wie wenig Schlaf sie in der Nacht gefunden hatte, sie stand jeden Morgen um dieselbe Zeit auf. Es war ein weiteres Credo, das die Schlafexperten aufgestellt hatten, aber sie hätte es ohnehin so gehalten. Man konnte nicht einfach den Vormittag verschlafen und gleichzeitig erwarten, etwas zu leisten.

Im Badezimmer stellte sie sich unter die kräftig aufgedrehte Dusche, schäumte ihr Haar mit Shampoo ein und ließ das Wasser an ihrem Kopf herunterlaufen, um so wach zu werden und gleichzeitig ihr Haar auszuspülen. Sie liebte Duschen. Sie waren effektiv und belebend, zwei Dinge, die Melisandes vollen Beifall fanden.

Wieder im Schlafzimmer, kramte sie in der Reisetasche, die sie mitgebracht hatte, und zog eine Jeans und eine grüne Seidenbluse hervor.

Stirnrunzelnd betrachtete sie die Bluse und das winzige rote Etikett, das an der Innenseite des Kragens angenäht war. Das rote Etikett bedeutete, daß die Bluse nur zu anderen Kleidungsstücken mit gleichen Etiketten paßte, und wie es ihr ähnlich sah, hatte sie kein einziges anderes Stück mit rotem Etikett mitgebracht. Ihr Verstand war immer zu sehr auf beruflichen Erfolg fixiert gewesen, um sich groß mit Garderobefragen zu befassen, und sie war völlig desinteressiert daran, was wozu paßte und was ihr stand. Aber als sie ihr eigenes Geschäft gegründet hatte, hatte sie gewußt, daß sie sich ihrer Karriere entsprechend zu kleiden hatte. Deshalb war sie eines Tages in eine exklusive Boutique gegangen, die der hübschen und intelligenten Noelle Durrell gehörte, und hatte sich der Gnade der Frau ausgeliefert.

Noelle hatte im Handumdrehen einen Grundstock an perfekt abgestimmten Kombinationen für sie zusammengestellt. Und um sicherzugehen, daß sie immer wußte, was zusammenpaßte, hatte Noelle sämtliche Kleidungsstücke mit Etiketten in unterschiedlichen Farben versehen. Alle blauen Etiketten konnten zusammen getragen werden, ebenso alle gelben und so weiter. Noelle nannte es »Mels Etikettenschwindel.«

Melisandes Stirnfalten vertieften sich. Sie erinnerte sich mit Bestimmtheit, daß Noelle ihr gesagt hatte, zu ihren Jeans könne sie jedes Oberteil tragen, aber sie wollte die grüne Bluse nicht anziehen. Sie würde den ganzen Tag unterwegs sein, und sie brauchte etwas, bei dem sie sich keine Gedanken machen mußte, ob es schmutzig wurde.

Wieder stöberte sie in der Tasche herum und zog mit einem kleinen Triumphschrei ein einfaches weißes T-Shirt heraus. Sie zog sich rasch an und schmierte Gel in ihre dicken nassen Locken. Da sie keine Lust hatte, das Bett ordentlich, Stück für Stück, abzuziehen, warf sie einfach das Kissen in die Mitte, rollte Unterlage und Laken mitsamt dem Kissen zusammen und bezog dann das Bett wieder mit George Whitmarks Bettwäsche.

Sie warf den Rest ihrer Sachen in die Reisetasche, nahm zwei Magentabletten und lief nach draußen zu ihrem Wagen.

Der neue Tag hatte ihr auch ein neues Gefühl von Tatkraft und Entschlossenheit gebracht. Cameron würde ihr Tante Sarahs Kirschholzbett verkaufen. Er mußte es tun! Und dann würde sie diesen Ort mit seiner duftgeschwängerten Luft verlassen und nach Dallas zurückkehren, wo sie hingehörte

»Sie fahren doch nicht heute schon, oder?« rief George ihr von Apartment 3 zu.

Melisande schenkte ihm ein Lächeln. »Doch. Ich muß nach Dallas zurück, aber ich habe meinen Aufenthalt wirklich genossen.« Es war nicht ganz die Wahrheit, aber sie sah keinen Grund, ihn mit Gerede über ihre Schlafstörungen aufzuhalten – ganz zu schweigen von der Faszination, die ein bestimmter blauäugiger Mann auf sie ausübte.

»Jedenfalls sind Sie immer willkommen.« Er winkte und verschwand im Haus.

»Guten Morgen, Sam«, sagte Melisande in ihr Autotelefon, sowie ihr künstlerischer Leiter am Apparat war.

»Hi, Mel. Wie läuft's denn so in Alabama?«

»Phantastisch«, erwiderte sie trocken. »einfach phantastisch.« Sie vertraute ihre Gefühle kaum jemandem an, aber Sam war eine Ausnahme. Er war bei ihr, seit sie ihre Firma gegründet hatte, und sie standen sich sehr nahe. Aber selbst wenn sie die Neigung verspürt hätte, ihm jetzt etwas über ihr Innenleben zu verraten, hätte sie nicht gewußt, wie sie es anstellen sollte. Sie wußte ja nicht einmal selbst, was in ihr vorging. Soweit es um Cameron Tate ging, lehnte ihr Gehirn es ab, Informationen logisch zu verarbeiten.

Nur ein Gedanke hielt sie davor zurück, in Panik zu geraten: Sowie sie diesen Ort hinter sich gelassen hatte und auf dem Heimweg war, würde sie wieder einen klaren Kopf haben.

»Ich bin wieder auf dem Weg zu Tante Sarahs Haus. Ich habe vor, den Kauf des Bettes abzuschließen, für den Transport zu sorgen und abzufahren. Morgen vormittag sollte ich wieder im Büro sein.«

»Mel . . .« Sams verärgerter Tonfall kam klar und deutlich über die Leitung. »Der Doktor hat gesagt, daß du Urlaub brauchst.«

»Da irrt er sich. Ich brauche eine Nacht ungestörten Schlaf, mehr nicht. Erzähl mir lieber, wie deine Besprechung mit der Autovertretung verlaufen ist. Ich wollte dich gestern abend noch anrufen, aber bis ich im Motel war, war es zu spät.« Sam gehörte zu diesen schrecklichen Leuten, die jeden Abend prompt um zehn Uhr einschliefen. »Hast du unser Werbepaket angebracht?«

»Mit allem Drum und Dran.«

»Super! Und sie waren nicht verärgert, weil ich nicht da war?«

»Überhaupt nicht. Ich habe allen erklärt, daß du einen Notfall in der Familie hättest – aber jedes Detail der

Konzeption selbst überprüft hättest – und sobald wie möglich kommen würdest – wegen der so überaus wichtigen persönlichen Geste und so weiter –, um dich zu überzeugen, daß sie wunschlos glücklich sind. Und in der Zwischenzeit wäre der Rest der Belegschaft durchaus in der Lage, die Kampagne in die Wege zu leiten.«

»Gut. Sehr gut.« Daß Sam die Präsentation übernehmen sollte, hatte ihr Sorgen gemacht. Er war brillant, aber mit seinem langen Pferdeschwanz, der runden Brille und seiner unvermeidlichen Uniform aus Jeans und T-Shirt irritierte er die Leute manchmal.

Sie allerdings fühlte sich in seiner Gesellschaft immer wohl. Seine Blicke bohrten keine Löcher in einen hinein, und er überwältigte sie nicht mit einer Männlichkeit, die so stark war, daß er ihren Herzrhythmus und ihre Atmung in Unruhe brachte.

»Mel, bist du noch dran?«

»Ja. Tut mir leid. Ich bin in Gedanken abgeschweift.«

»Tu mir einen Gefallen und krempel deine Pläne um. Bleib ein paar Tage weg.«

»Das kann ich nicht machen, und du weißt es.«

»Auch auf die Gefahr hin, deiner Psyche einen größeren Schaden zuzufügen, fühle ich mich genötigt, dich darauf aufmerksam zu machen, daß wir für ein, zwei Wochen auch ohne dich ganz gut zurechtkommen könnten. Wir brauchen dich, was wir aber nicht brauchen, ist, daß du uns vor die Hunde gehst.«

»Keine Angst, das wird nicht passieren. Wir sehen uns morgen.«

Von seinem Standort auf der Veranda beobachtete Cameron mit sichtlichem Vergnügen das Nahen des etwas ramponierten Kombis.

Melisande – ein sagenumwobener Name, eine ungewöhnliche Frau.

Er hatte auf sie gewartet.

Er lehnte sich in den Korbschaukelstuhl zurück, streckte seine langen Beine aus und nippte an seinem Kaffee.

Er wußte, daß seine Art und sein Auftreten bei Leuten, die ihn nicht kannten, den Eindruck erweckten, er wäre sorglos und unbekümmert. Aber in Wirklichkeit verbarg sich hinter seiner ungezwungenen Art solider Stahl. Und wenn ihm tatsächlich etwas an einem Menschen oder einer Sache lag, konnte er absolut rücksichtslos sein.

Er war sich nicht sicher, ob er an Liebe auf den ersten Blick glaubte, aber er glaubte von ganzem Herzen an Faszination auf den ersten Blick. Faszination war es gewesen, was er im ersten Moment, als er Melisande vor sich gesehen hatte, empfunden hatte.

Er hatte sich umgedreht und sie erblickt und war wie verzaubert gewesen.

Und er wollte nicht, daß sie heute fuhr. Oder morgen.

Er wollte Gelegenheit haben, sie besser kennenzulernen. Er wollte wissen, was sie mochte und was nicht. Was sie innerlich antrieb. Was sie zum Lächeln brachte. Was sie zu leidenschaftlichem Stöhnen brachte.

Und all das und viel mehr wollte er mit einer Heftigkeit, die ihn selbst erschreckte.

Und dann war da noch etwas. Er wollte ihr helfen.

Er wußte nicht, warum er glaubte, daß sie Hilfe brauchte, oder warum er glaubte, daß ausgerechnet er ihr zu helfen vermochte. Es war einfach ein Gefühl, das sich nicht abschütteln ließ.

Das Bett. Sie wollte das Bett. Was für ein Glück.

Wenn er seine Karten geschickt ausspielte, könnte er sie ein paar Tage, vielleicht auch länger, hier behalten. Und falls das nicht funktionierte, hatte er immer noch ein As im Ärmel.

Melisande schob die Goldkette ihrer Tasche über ihre Schulter und schlenderte den Weg zur Veranda hinauf. Cameron stand auf, als sie näher kam. Er trug dieselben Sachen wie am Vorabend, Jeans und ein T-Shirt, und leider ist er im hellen Tageslicht ebenso atemberaubend und umwerfend männlich wie in der Dämmerung, stellte sie fest.

Er hatte gesagt, der Job eines Models wäre ihm zu anstrengend, aber vielleicht sollte sie vor der Abfahrt doch noch versuchen, ihn zu überreden, nach Dallas zu kommen und Model zu werden. Er und jedes Unternehmen, das ihn in einer Werbekampagne einsetzte, würden ein Vermögen machen. Andererseits war es vielleicht am besten für sie, wenn Hunderte von Meilen zwischen ihnen lagen.

»Guten Morgen«, begrüßte er sie lächelnd, als sie die letzte Stufe nahm.

»Guten Morgen.«

»Ihr Haar ist naß.«

Sie zog eine dicke Strähne vor ihr Gesicht, um seine Behauptung zu überprüfen, und ließ sie wieder fallen. »Um diese Tageszeit ist es immer naß. Ich kann es nicht fönen, weil meine Frisur sonst den Umfang eines Basketballs erreichen würde – den sie übrigens jeden

Morgen hat, weil ich so unruhig schlafe.« Sie zuckte die Achseln. »Ich muß es jeden Morgen waschen und trocknen lassen. So ist es am besten.«

Sein Lächeln vertiefte sich. Gott, sie war hinreißend! Bis jetzt gab es nichts an ihr, was ihm mißfiel – bis auf diese Schatten unter ihren Augen. »Haben Sie heute nacht überhaupt geschlafen?«

»Genug. Nun zum Bett.«

»Möchten Sie eine Tasse Kaffee?« Sie zögerte. »Er ist koffeinfrei«, fügte er hinzu. Sie sah auf ihre Uhr. »Kommen Sie«, schmeichelte er. »Die fünf Minuten werden Sie schon erübrigen können. Außerdem habe ich extra süße Brötchen und frisches Obst für uns besorgt.« Er deutete mit der Hand auf das hintere Ende der Veranda, wo ein Tisch für zwei gedeckt war und eine Isolierkanne mit Kaffee stand.

Nachdem er sich soviel Mühe gemacht hat, wäre es undankbar, seine Einladung abzulehnen, dachte sie. Und sie mußten ohnehin miteinander reden. Außerdem konnte sie sich nicht daran erinnern, gefrühstückt zu haben. »Also gut. Danke.«

Der Rattantisch war rund und hatte eine Glasplatte. In dem Sommer, den sie hier verbracht hatte, waren die Rattanmöbel schimmernd weiß gewesen, aber wo überhaupt noch Farbe verblieben war, war sie inzwischen grau geworden.

Melisande setzte sich auf den Stuhl, den Cameron ihr anwies, und sah zu, wie er ihr eine Tasse Kaffee einschenkte und sich dann in den Stuhl zu ihrer Rechten setzte.

Nachdem sie eine rosa Serviette in ihren Schoß gelegt hatte – eine von denen, die sie am Vorabend gefaltet hatte –, sah sie ihn an. »Ich hoffe, Sie haben über den Verkauf des Bettes nachgedacht.«

»Hab' ich. Zucker?«

»Was?« Ihr fiel die Zuckerdose in seiner Hand auf. »Oh, nein danke. Und wie lautet Ihre Antwort?«

»Sahne?«

»Sahne?« Sie schüttelte ungeduldig den Kopf. »Nein. Zu welcher Entscheidung sind Sie gekommen, Cameron?«

Er füllte bedächtig seine eigene Tasse auf. Sein ganzes Gehabe schien darauf hinzudeuten, daß er mit einem schwerwiegenden Problem rang. »Zu keiner«, sagte er schließlich.

»Zu keiner?!«

»Tut mir leid, aber ich scheine mich einfach nicht entschließen zu können.« Er legte ein warmes Brötchen auf ihren Teller und nahm den Deckel von einer kleinen Schale mit frischen Erdbeeren.

Sie hatte schon öfter Erfahrungen mit unschlüssigen Klienten gesammelt. Insgeheim machte es sie wahnsinnig, aber sie hatte seit langem Übung darin, eine ruhige, gelassene Miene zu bewahren. »Okay, reden wir darüber. Was könnte Ihnen helfen, eine Entscheidung zu treffen?«

»Ich bin mir nicht sicher. Essen Sie lieber, sonst wird Ihr Brötchen kalt.«

Sie schob eine Erdbeere in ihren Mund und musterte Cameron nachdenklich, während sie das volle Aroma auskostete. Sie konnte sein Zögern verstehen. Wenn das Bett ihr gehörte, würde sie es nie verkaufen. Aber schließlich war ihre Situation anders. Sie hatte so etwas wie eine Vergangenheit mit dem Bett, und jetzt brauchte sie es dringend.

»Fangen wir es vom anderen Ende an. Was hält Sie ab, eine Entscheidung zu treffen?«

Er biß in sein Brötchen. Nach einem Moment sagte er: »Mehrere Sachen. Zum einen ist das Bett Teil der Geschichte des Hauses. Wie Sie sicher wissen, sind Sarah und ihr Mann gleich nach ihrer Hochzeit hier eingezogen, und ihr Mann ließ das Bett speziell für sie anfertigen.«

Sie nickte. »Ja, das weiß ich. Ich kann mich erinnern, daß Tante Sarah sagte, es wäre keine reguläre Größe und die Matratze wäre eine Spezialanfertigung, und deshalb könnte man auch keine Bettwäsche aus dem Regal kaufen.«

»Das stimmt.« Er schob das Brötchen auf ihrem Teller näher zu ihr. »Essen Sie. Es wäre schade, wenn es übrigbleibt.«

Gehorsam biß sie in ihr Brötchen und dann, weil Cameron sie so unverwandt ansah, noch ein weiteres Mal.

»Ich mußte extra neue Bettwäsche bestellen«, sagte er, »als Überdecke benutze ich im Moment eine von Sarahs gehäkelten Decken.«

»Ich gebe zu, daß die Geschichte des Betts es für jeden zu etwas Besonderem macht«, gab sie widerstrebend zu, »aber . . .«

»Und falls ich beschließe, aus dem Haus eine Frühstückspension zu machen, wäre das Bett eine große Attraktion.«

Sie starrte ihn fassungslos an. »Sie wollen eine Frühstückspension aus dem Haus machen?«

Er zuckte nachlässig die Schultern. »Ich habe mich noch nicht entschieden, aber möglich wär's.«

Sie war sprachlos. Bis zu diesem Moment hatte sie

nicht einmal in Betracht gezogen, daß er Großes mit dem Haus vorhatte, aber jetzt stellte sie fest, daß ihr etwas daran lag, was aus dem Heim ihrer Großtante wurde. Der Gedanke, das Haus, das für sie mit so vielen schönen Erinnerungen verbunden war, könnte in ein Hotel – denn etwas anderes würde es nicht sein – umgewandelt werden, behagte ihr nicht sonderlich. Aber sie wußte, daß die meisten Dinge sich veränderten und nichts so blieb, wie es war, ob es einem nun paßte oder nicht.

Sie zwang sich, ihre Gedankenrichtung schnell umzuschwenken. »Die Gäste, die herkommen, würden das Bett nicht vermissen, weil sie keine Ahnung von seiner Existenz hätten, und von dem Geld, das ich Ihnen geben würde, könnten Sie ein traumhaftes Himmelbett kaufen.«

Er schüttelte den Kopf. »Es wäre nicht dasselbe. Sie essen ja gar nicht.«

Sie schob eine weitere Erdbeere in ihren Mund, und in ihrer Ungeduld, die Frucht schnell zu kauen und zu schlucken, biß sie so hastig zu, daß süßer roter Fruchtsaft von ihren Lippen auf ihr Kinn tropfte. Gereizt griff sie nach ihrer Serviette, aber Cameron war schneller. Er hob eine Hand, wischte den Saft weg und leckte den Finger dann ab.

Bei dem Anblick stockte ihr der Atem.

Er lächelte, den Finger immer noch zwischen den Lippen. »Tut mir leid, aber ich konnte einfach nicht anders.«

Zu ihrem Verdruß konnte sie den Blick nicht von seinen Lippen losreißen. Sie waren leicht gerötet vom Erdbeersaft. Und sie waren wundervoll geformt, die Unterlippe etwas voller als die Oberlippe. Er könnte eine Million Limonaden einfach dadurch verkaufen, daß er eine Dose an die Lippen hielt und trank. Sie malte sich aus, wie seine Lippen sich teilen würden, wie seine Kehle beim Trinken aussehen würde, wenn er schluckte.

Frauen auf der ganzen Welt würden sich wünschen, eine Limonadendose zu sein.

Sie legte eine Hand auf ihre Augen. Lieber Gott, sie hatte wirklich dringend etwas Schlaf nötig!

»Alles in Ordnung?« fragte Cameron besorgt.

Sie richtete sich auf. »Ja. Sicher. Mal sehen, wo waren wir gerade?«

»Wir haben über die Möglichkeit gesprochen, eine Frühstückspension aus dem Haus zu machen.«

»Richtig. Okay, ich mache Ihnen einen Vorschlag. Ich ziehe eine Werbekampagne für sie auf – gratis. Im Zuge dieser Kampagne könnten Sie Prospekte machen und überall in den Autobahnraststätten verteilen lassen, und Sie könnten in ein paar Reisemagazinen annoncieren. Es müßte ein Kinderspiel sein.« Weil ihr das Denken unendlich viel leichter fiel, wenn sie ihn nicht ansah, wandte sie den Kopf und betrachtete die Reihe hoher Eichen mit ihrem im Wind schwingenden spanischem Moos.

»Kommen Sie ins St.-Jerome-Haus, und lassen sie sich vom Zauber des Südens umfangen. Die Tage gleiten dahin wie Seide, und die Nächte sind weich wie Samt.«

»Sehr gut«, sagte er bewundernd.

Sie machte eine wegwerfende Handbewegung. »Ein bißchen abgedroschen, aber mir würde sicher etwas Besseres einfallen. Tatsache ist, daß dieser Ort als Gästehaus ein Bombenerfolg wäre.« Ihren Worten folgte ein leichtes Stirnrunzeln.

Seine Lippen zuckten. Sie war genau dort, wo er sie

haben wollte. »Das denke ich auch, und das Bett wäre eine große Attraktion.«

Ihr Kinn hob sich. »Nicht unbedingt. Ich meine, keinesfalls mehr als das Haus selbst oder die Gärten.«

»Dann wiederum könnte ich den Wunsch haben, das Haus als zweites Heim zu benutzen.«

»Nur für Sie allein? Es ist sehr groß, und Sie sind Junggeselle.«

»Sarah hat viele Jahre allein hier gelebt.«

»Sie hat aber auch eine Familie hier großgezogen.«

»Wer sagt, daß ich das nicht tun werde?«

Sie sah es fast vor sich – seine fröhlichen, lachenden Kinder, die unter den Spalierbögen hin und her liefen, auf Bäume kletterten, am Flußufer fischten. Aber ihre Vorstellungskraft versagte bei seiner Frau, sich auszumalen, wie sie hier auf der Veranda saß und ihren Kindern beim Spielen zuschaute.

»Ich denke, Sie können verstehen, warum mir meine Entscheidung so schwerfällt«, fuhr er mit seiner tiefen, verlockenden Stimme fort.

Das konnte sie, aber sie weigerte sich, es zuzugeben, genauso, wie sie sich weigerte, eine Niederlage einzugestehen. Der Arzt hatte gesagt, daß sie nur eine langsamere Gangart einlegen müsse, um ihre Schlafstörungen und die nervösen Magenbeschwerden zu beheben, an denen sie litt, aber sie bewegte sich schon so lange im Zeitraffertempo, daß sie keine andere Lebensform mehr kannte. Nein, das Bett war die Antwort, und sie würde nicht so schnell aufgeben. Aber was konnte sie tun?

Er sah die widersprüchlichen Gefühle, die sich in ihrem Mienenspiel zeigten, und entschied, daß es Zeit für seinen nächsten Schritt war. »Wissen Sie, wenn ich nur etwas mehr Zeit zum Überlegen hätte, könnte ich bestimmt zu einer Entscheidung kommen.« Ihr Gesichtsausdruck wurde mißtrauisch, deshalb fügte er einen kleinen Köder hinzu. »Wer weiß, vielleicht gelange ich sogar zu der Meinung, daß Sie recht haben. Daß das Haus das Bett eigentlich nicht braucht.«

»Wieviel Zeit?«

»Ach, ich weiß nicht. Ein paar Tage vielleicht, höchstens eine Woche.«

Sie hätte fast laut aufgestöhnt. »Es wird ziemlich lästig sein, am Wochenende noch mal die lange Fahrt zu machen. Ich hätte gerade genug Zeit, es mir zu Hause gemütlich zu machen und dann gleich wieder loszufahren.«

»Bleiben Sie doch hier.«

Der Gedanke schockierte sie. »Das kann ich nicht! Es ist einfach ausgeschlossen!«

»Warum«

»Ich habe ein Geschäft zu führen, darum.«

»Ich bin sicher, Ihr Unternehmen kommt ein paar Tage ohne Sie aus. Wenn nicht, haben Sie nie gelernt, Aufgaben zu delegieren.«

Er hatte recht. Sie war nie imstande gewesen, die übergeordnete Kontrolle aus der Hand zu geben, einem anderen vollständig zu vertrauen. Und wenn es um ihr Geschäft ging, wollte sie uneingeschränkten Erfolg.

Cameron hatte nicht erwartet, daß es leicht sein würde, ein Ziel zu erreichen, aber er war fest entschlossen, es zu schaffen. »Es wäre nur für ein paar Tage. Sie können gern hier wohnen, wenn Sie wollen.«

Hier wohnen. Bei ihm. Wie mochte es sein, diese wundervolle weiche Stimme mitten in der Nacht zu hören? Sie schüttelte den Kopf, in der Hoffnung, damit die Frage aus ihren Gedanken zu verscheuchen.

»Unmöglich. Ich hätte mir eigentlich nicht einmal die letzten zwei Tage freinehmen dürfen.«

Ohne den Arzt und seine Diagnose hätte sie vermutlich nicht einmal an das Bett gedacht. Aber sie hatte daran gedacht, und es bot die perfekte Lösung ihrer Probleme. Oder etwa nicht? Oder setzte sie ihre Hoffnungen auf etwas, das in der Form, in der sie es in Erinnerung hatte, gar nicht mehr existierte? Schließlich hatte sie das Bett seit zwanzig Jahren nicht mehr gesehen, geschweige denn darin geschlafen.

»Würden Sie sich das Bett gern einmal ansehen?«

Ihr Blick wurde argwöhnisch. Diese verdammten blauen Augen! Konnte ihnen nichts verborgen bleiben?

»Ja, das würde ich wirklich ganz gern. Die Dinge sind nie so, wie man sie in Erinnerung hat, nicht wahr? Vielleicht will ich das Bett gar nicht mehr, wenn ich es erst einmal gesehen habe.«

Ihre Stimme klang hoffnungsvoll, und ein kalter Schauer kroch seinen Rücken hinauf. Er hatte die Möglichkeit in Betracht gezogen, aber dieses Risiko würde er eingehen müssen. Wenn sich sein Vorschlag als Eigentor erwies, mußte er sich eben etwas anderes einfallen lassen, um sie zum Bleiben zu überreden, auch wenn er im Moment noch nicht die leiseste Ahnung hatte, was.

»Sind sie fertig mit Ihrem Frühstück?«

Sie sah auf die Reste ihres halb gegessenen Brötchens hinunter. »Ich werde den Rest beim Fahren essen.«

»Wie gesundheitsbewußt«, murmelte er. Sie brauchte ganz offensichtlich Hilfe, und allmählich war er sich ganz sicher, daß er der einzige war, der ihr diese Hilfe geben konnte.

Melisande blieb in der Schlafzimmertür stehen und stieß einen kleinen Seufzer aus. Das Zimmer war wundervoll; das massive Bett bildete den Mittelpunkt. Die Kopfleiste war aus kunstvoll geschnitztem Kirschholz, und die vier Pfosten reichten fast bis an die Decke. Und unter der gehäkelten Überdecke verbarg sich eine Matratze, die so dick gepolstert und weich war, daß keine moderne Matratze damit konkurrieren konnte.

»Es ist wahrscheinlich kleiner als in Ihrer Erinnerung, oder?«

Für eine Weile hatte sie vergessen, daß Cameron ihr gefolgt war. »Nein«, sagte sie ruhig, »es ist ganz genau so wie in meiner Erinnerung.«

Die Ehrfurcht in ihrer Stimme machte ihm Mut, aber er wußte, daß er das Spiel immer noch nicht ganz gewonnen hatte. Er legte ihr eine Hand auf den Rücken und drängte sie sanft vorwärts. »Los, schauen Sie es sich an. Legen Sie sich drauf, wenn Sie wollen.«

Sie näherte sich dem Bett mit einer Ehrerbietung, von der sie wußte, daß sie albern war. Aber wieder in diesem Zimmer zu sein und das Bett zu sehen, rief Erinnerungen in ihr wach, die sie für längst vergessen gehalten hatte. Drei Schubladenkommoden aus Walnußholz standen an einer Wand, genau dort, wo sie sie zum letztenmal gesehen hatte. Ein breiter Spiegel mit geschwungenem Oberrand überspannte ihre gesamte Breite. Als Tante Sarah noch am Leben gewesen war, hatten Familienfotos, Spitzendeckchen und eine Unzahl kleiner Dosen die Kommoden geziert. Jetzt waren sie leer. Aber der kleine Tisch mit der Marmorplatte stand immer noch vor dem Roßhaarsofa. Und auf dem Boden am Fußende des Betts lag derselbe Gobelinteppich in Schwarz, Rot, Rosa und Grün. Aber wichtiger als alles andere war das Bett.

Sie fuhr mit den Fingerspitzen behutsam über die Häkeldecke, bevor sie ihre Hand um einen der dicken, glatten Kirschholzpfosten schloß. »Ich erinnere mich noch daran, in jenem Sommer neben Tante Sarah in diesem Bett gelegen zu haben. Sie duftete immer nach Veilchen, und die Nachtluft trug stets irgendeinen Blütenduft mit sich. In manchen Nächten war es der Duft von Rosen, in anderen der von Flieder. Manchmal war es eine Kombination aller möglichen Düfte.« Sie ging langsam um das Fußende herum auf die andere Bettseite. »Tante Sarah erzählte mir jeden Abend eine Geschichte, aber ich glaube, ich habe nie eine zu Ende gehört. Nach einer Minute war ich immer eingeschlafen.«

Er lachte leise. »Ich nehme an, das erleichterte ihr das Erfinden von Geschichten«, sagte er. »Es ist immer einfacher, sich einen Anfang auszudenken als eine Mitte oder ein Ende.«

Sie sah auf, begegnete seinem Blick und lächelte. »Wahrscheinlich.«

»Möchten Sie sich nicht hinlegen? Das Bett sieht ja vielleicht genauso wie früher aus, aber vielleicht ist die Matratze nicht so toll, wie Sie glauben.«

Sie hatte fast Angst, es zu tun. Wenn die Matratze nun ganz genau so himmlisch war, wie sie glaubte? Wenn die Erinnerungen sie nun überwältigten? Was, wenn es sich so gut anfühlte, daß sie nie wieder aufstehen wollte? Was würde sie dann tun?

Es würde nicht passieren. Ich bin erwachsen, ermahnte sie sich streng. Müde, aber erwachsen. Sie konnte mit dieser Situation umgehen.

Sie schlüpfte aus ihren Tennisschuhen und legte sich auf das Bett.

Im selben Moment beruhigten sich ihre Nerven,

entspannten sich ihre Muskeln, wurde sie ganz leicht. Sie sank tiefer und tiefer, als ob sie auf einer Wolke schwebte. Ohne sich dessen bewußt zu sein, seufzte sie wohlig auf.

Plötzlich war Cameron an ihrer Seite, beugte sich über sie und schaute ihr in die Augen. »Geben Sie keine solchen Laute von sich – oder Sie können damit rechnen, die nächsten zwei Tage nicht aus diesem Bett zu kommen.«

Sie erstarrte vor Schreck, und das Feuer in der Tiefe seiner blauen Augen nahm ihr den Atem. Seine unbekümmerte Art war verschwunden und verhaltener Leidenschaft gewichen. Sie hatte von Anfang an auffallend stark auf ihn reagiert, aber dies war das erste Anzeichen, daß es ihm umgekehrt ähnlich ging.

»Ich wollte nicht . . .«

Sie aus der Fassung zu bringen, war das letzte, was er wollte. Er schloß die Augen, atmete tief durch und sah Melisande dann wieder an. Er saß neben ihr, und wünschte sich nichts sehnlicher, als sich neben ihr auszustrecken. »Tut mir leid, Melisande«, sagte er rauh. »Ich hätte mich besser unter Kontrolle haben sollen, aber Sie haben eine ganz eigenartige Wirkung auf mich.«

Alles setzte aus. Ihr Herzschlag. Ihre Atmung. Ihr Denken.

Sie fühlte, wie etwas in ihrem Inneren entstand, ein Aufwallen von Hitze, ein Schmelzen ihrer Widerstände. Sie hatte keine Macht über diese Gefühle, und das erschreckte sie.

»Es ist die Matratze«, flüsterte sie. »Das ist alles. Sie ist genauso wundervoll wie in meiner Erinnerung.«

Er nahm eine Locke ihres Haars zwischen die Finger. »Tatsächlich?«

Sie nickte.

»Sie wollen es also . . . das Bett?«

»Ja.«

Sie wollte das Bett, und er wollte sie. So sehr, daß es weh tat. Er wollte von ihr hören, daß sie bleiben würde. Er wollte ihre Lippen schmecken, jeden Zentimeter ihrer Haut. Er wollte, wollte, wollte . . . Aber instinktiv wußte er, daß jeder Schritt in diese Richtung ein Fehler wäre.

Er schloß einen Kompromiß, indem er mit seinen Fingern über ihre Lippen strich und die Konturen ihrer Unterlippe nachzeichnete. Erst als er spürte, daß seine Finger zitterten, zwang er sich, die Hand zurückzuziehen. »Was werden Sie tun?« fragte er abrupt.

Nicht in ihren wildesten Phantasien – und im Lauf der Nacht waren sie ganz schön wild geworden – hatte sie sich ausgemalt, mit Cameron in diesem Zimmer, auf diesem Bett zu sein. Es war eine beunruhigende sinnliche Erfahrung, und sie versuchte keine Minute, den Grund für ihre Faszination falsch zu deuten.

Sie hievte sich hoch, bis ihr Rücken an den Kissen lehnte und ihre Lungen wieder besser arbeiteten. »Was ich tun werde? Es ist Ihre Entscheidung, Cameron. Werden Sie mir das Bett verkaufen, ja oder nein?«

»Ich habe Ihnen doch gesagt, daß ich etwas Zeit brauche.«

Wie konnten derartig scharf blickende Augen so wenig sehen lassen? fragte sie sich frustriert und fasziniert zugleich. Er mochte ja in der Lage sein, ihre Gedanken zu erraten, aber sie hatte keine Ahnung, was in ihm vorging. »Na schön, dann werde ich nach Hause fahren, und wenn Sie sich entschieden haben, beauftrage ich eine Speditionsfirma, das Bett abzuholen.«

Er schüttelte den Kopf. »Das geht nicht.«

Sie zog verwirrt die Augenbrauen zusammen. »Warum nicht?«

»Erstens würde ich das Bett niemandem außer Ihnen anvertrauen.«

»Aber ich würde die Leute doch beauftragen! Sie würden für mich arbeiten! Das Bett von einer Firma abholen zu lassen ist dasselbe, wie es mir persönlich zu übergeben.«

»Falls Sie nicht anwesend sind, um den Transport zu überwachen, lasse ich von niemandem Hand daran legen.«

Sie starrte ihn unverwandt an. »Ich glaube, Sie sind einfach dickköpfig.«

»Denken Sie, was Sie wollen, und wenn Sie schon dabei sind, denken Sie an eins: Sowie Sie abfahren, verliere ich jede Motivation zum Verkaufen. Wenn Sie nicht hier sind, um mich zu überzeugen . . .« Er zuckte die Achseln und überließ es ihr, die offenkundige Schlußfolgerung zu ziehen.

Ihre Augen verengten sich. »Sagen Sie mir die Wahrheit, Cameron. Besteht auch nur die vage Möglichkeit, daß Sie mir dieses Bett verkaufen?«

Seine Lippen verzogen sich zu einem Lächeln. »Ich fürchte, Sie müssen schon bleiben, um das herauszufinden.«

Sie biß die Zähne zusammen. »Ich will dieses Bett mehr, als ich Ihnen sagen kann. Ich brauche dieses Bett. Aber ich kann keinen Tag länger von meiner Arbeit fernbleiben.«

Er beugte sich vor und legte seine Fingerspitzen an ihre verkrampften Kiefermuskeln. »Sie werden ihren Zahnschmelz ruinieren, wenn Sie damit nicht aufhören«, murmelte er heiser. »Außerdem könnte es zu anderen Problemen führen, Kopfschmerzen zum Beispiel . . .«

Seine Berührung war im Moment mehr, als sie ertragen konnte. Hastig schüttelte sie seine Hand ab. »Hören Sie schlecht? Ich kann nicht bleiben!«

»Doch, Sie können. Sie müssen sich nur die Erlaubnis erteilen.«

»Ich muß was?!«

Sein Blick wanderte über ihr Gesicht, registrierte die zarte Röte, die auf ihrer sommersprossigen Haut lag, die Gefühle, die in ihren schönen Augen zu sehen waren, die Schatten, die darunter lagen. »Spannen Sie denn nie aus, Melisande?«

Sie nahm einen schwachen, angenehmen Duft nach Zitrone wahr. Offensichtlich glich sein Körpergeruch dem Duft der Luft und änderte sich mit dem Wind und vielleicht mit seinen Stimmungen. Und sie hegte nicht den geringsten Zweifel, daß sie Millionen Dollar mit dem Verkauf eines Eau de Cologne machen könnte, wenn es ihr nur gelang, darin seinen Duft einzufangen. »Nein. Ich meine, es fällt mir schwer, mich zu entspannen . . .«

Er tat genau das, was er sich strikt verboten hatte. Er tat, was er tun mußte. Er beugte sich vor und senkte seinen Mund auf ihren. Und weil er nicht vorgehabt hatte, sie zu küssen, weil er sich keine Zeit zum Überlegen gelassen hatte, küßte er sie, wie er es sich wünschte, seit er sie zum erstenmal gesehen hatte: mit überwältigender, schrankenloser Leidenschaft.

Jeder Protest, den sie hätte äußern können, erstarb in ihrer Kehle. Sie reagierte augenblicklich und mit allem, was in ihr schlummerte. Sie erwiderte seinen Kuß, ohne sich darum zu kümmern, was sie tat.

Feuer breitete sich wie ein Wirbelsturm in ihrem

Körper aus, und Sehnsucht und eine Art qualvoller Unruhe wurden in ihr wach. Ihre Hände glitten auf seine Schultern, und ihre Finger klammerten sich an ihn. Ohne zu wissen, was eigentlich passiert, ließ sie sich in die Kissen hinuntergleiten und zog ihn mit sich, ihre Finger in seinem dichten Haar vergraben.

Ihre Reaktion ließ Cameron alle Vorsicht vergessen. Er schob sich über sie und hielt sie mit seinem Gewicht auf das Bett gepreßt fest. Eine Frau zu wollen war keine neue Erfahrung für ihn, aber sie so sehr zu wollen war völlig neu. Sein Verlangen nach Melisande erfüllte jede Faser seines Seins und beherrschte sein Denken. Für andere Überlegungen blieb kein Platz.

Sein Kuß wurde heißer, drängender. Er verschwendete keinen Gedanken an Zurückhaltung oder Grenzen. Ihre vollen Brüste an seinem Oberkörper zu spüren, lockte und quälte ihn. Leise stöhnend schob er seine Hand unter ihr T-Shirt und ertastete einen Spitzen-BH. Seine Hand tauchte schnell darunter und fühlte sanfte, weiche Haut.

Sie schloß die Augen und seufzte. Seine Hände streichelten die weiche Rundung mit einer mühsam erkämpften Zärtlichkeit, die in schroffem Kontrast zu seinem brennenden Verlangen nach ihr stand. Und als er schließlich seine Finger um die aufgerichtete Brustspitze kreisen ließ, steigerte sich dieses Verlangen zu einem Feuer, das ihn zu verbrennen drohte. Nichts war ihm je so richtig vorgekommen, und das Wissen, daß dies erst der Anfang war, erfüllte ihn mit unsagbarer Freude.

Melisande murmelte seinen Namen, und er antwortete: »Ja, ja . . .«

Unten im Haus wurde eine Tür zugeschlagen.

»Cam? Cam, bist du da?«

Er hörte seinen Namen wie aus weiter Ferne. Cameron fluchte, löste er sich von Melisande, atmete tief ein und wandte den Kopf zur Schlafzimmertür. Er hatte keine Ahnung, was er jetzt tun sollte. Er wußte, nur, was er tun wollte. Sein Körper brannte förmlich darauf, es zu tun.

Er wandte sich wieder zu Melisande um und sah, daß sie ebenso benommen aussah, wie er sich fühlte. Ich könnte sie jetzt haben, dachte er. Gleich jetzt.

»Cam?«

Er stieß ein gequältes Stöhnen aus. »Komme gleich«, rief er heiser und richtete sich auf.

»Okay, ich warte draußen auf der Veranda.«

Er hob eine unsichere Hand, um Melisandes zarte Wange zu streicheln. »Meine Schwester. Ich gehe nach unten und sehe zu, daß ich sie loswerde.«

Stumm griff sie unter ihr T-Shirt, um ihren BH über ihre Brust zu ziehen. Zu ihrem geheimen Entsetzen zitterte sie von Kopf bis Fuß. Schlimmer noch, ihre Brustspitzen brannten, und ihr ganzer Körper vibrierte. Cameron hatte ein Feuer in ihr entfacht, und sie hätte um ein Haar zugelassen, von diesem Feuer verschlungen zu werden.

Er griff nach ihrem Arm. »Zieh dich nicht wieder richtig an. Ich konnte dich gar nicht anschauen, und ich sehne mich so sehr danach, dich zu sehen, dich zu schmecken.«

Begehren loderte in ihr auf. Die Worte blieben ihr in der Kehle stecken, und sie schloß die Augen.

»Bist du in Ordnung?« fragte er, unfähig den Blick von ihr zu lösen.

Nein, dachte sie, bin ich nicht. Sie konnte nicht fassen, was sie gerade zugelassen, nein, ermutigt hatte. Sie war fassungslos über sich selbst, über die Art, wie sie reagiert hatte – und darüber, daß sie mehr wollte.

Sie schob sich hoch, bis sie wieder aufrecht saß, und verschränkte schützend die Arme vor ihrem Körper. »Du hättest das nicht tun sollen. Wir hätten es nicht tun sollen.«

»Vielleicht nicht«, sagte er rauh. »Aber es war etwas, das ich mir sehr gewünscht hatte. Ich will es immer noch. Wie ist es mit dir? Was willst du?«

Auf diese Frage konnte sie nicht ehrlich antworten. »Ich will, daß unsere Beziehung rein geschäftlich bleibt.« Auf diesem Niveau bewegten sich all ihre Beziehungen. Es war die einzige Art Beziehung, die sie kannte, die einzige Art, mit der sie umgehen konnte.

Alles in ihm sträubte sich dagegen, ihre Antwort hinzunehmen, aber da Phyllis unten wartete, wußte er, daß er sich im Moment damit zufriedengeben mußte. »Soll das heißen, wir werden eine Beziehung haben? Du wirst bleiben?«

»Nein. Ich weiß nicht. Ich muß nachdenken.«

Er war zu weit gegangen, hatte seine Selbstbeherrschung vergessen. Fürs erste mußte er sich zurückhalten, aber er konnte nicht anders, als ihr einen Finger unters Kinn zu legen und ihr Gesicht anzuheben, so daß sie ihn ansehen mußte. »Meine Schwester ist zu einem denkbar ungünstigen Zeitpunkt aufgetaucht, aber eins mußt du wissen: Ich kann nicht versprechen, daß ich dich nicht wieder küssen oder berühren werde. Es war einfach viel zu gut, um es nicht wieder zu tun. Und du kannst genausogut wissen, daß ich mehr will. Ich will dich lieben, wie du noch nie geliebt worden bist. Aber ich kann dir versprechen, daß ich nie weiter gehen werde, als du willst.«

Als Versprechen war es nicht besonders beruhigend, da er die Verantwortung einfach ihr aufhalste. Aber schließlich gefiel es ihr so. Normalerweise.

»Bleibst du, Melisande?«

»Ich sagte doch, daß ich darüber nachdenken müßte.« Gott steh ihr bei, was gab es da noch nachzudenken? Sie mußte so schnell wie möglich weg von hier.

Langsam breitete sich ein verführerisches, absolut entwaffnendes Lächeln auf seinem Gesicht aus. »Es ist wirklich ein tolles Bett, was?«

Sie sah ihn an. »Du spielst kein bißchen fair, oder?«

»Nein.« Er sah zur Tür. »Komm lieber gleich mit runter und begrüß meine Schwester, dann hast du es hinter dir.«

Sie fuhr sich nervös mit der Hand durchs Haar. »Das geht nicht. Ich kann mir gut vorstellen, wie ich aussehe.«

»Du siehst hinreißend aus.« Seine Augen begannen zu zwinkern. »Meine Schwester wird dich lieben.«

3

Cameron trat auf die Veranda und begrüßte Phyllis mit einem warmen Lächeln. »Morgen, Schwesterherz.« Er sah über die Schulter zu Melisande, die absichtlich zurückblieb und mit ihren Tennisschuhen in der Hand langsam die Halle durchquerte. Er hielt die Verandatür weiter auf und wartete auf sie.

»Ich bin vorbeigekommen, um dir zu sagen, daß . . .«

Phyllis verstummte abrupt, als sie Melisande erblickte, und schien erstaunt.

Diese und keine andere Reaktion hatte Cameron von ihr erwartet. Er legte einen Arm um Melisande und zog sie an sich. »Phyllis, ich möchte dir gern Melisande Lanier vorstellen. Melisande, das ist meine Schwester Phyllis.«

Noch vor wenigen Minuten hatte Cameron sie in den Armen gehalten, sie geküßt und ihre Brüste liebkost, und sie hatte ihr inneres Gleichgewicht noch nicht ganz wiedergefunden. Vielleicht würde sie es nie wiederfinden! Und jetzt lag sein Arm in einer besitzergreifenden Art und Weise auf ihrer Schulter, die sie beunruhigend und erregend zugleich fand.

Krampfhaft bemüht, ihre Verwirrung zu überspielen und sich vor Camerons Schwester nichts anmerken zu lassen, streckte Melisande ihre Hand aus. »Hi. Ich heiße Mel.«

Phyllis war schön und elegant, stellte Melisande fest, als sie einander die Hand schüttelten. Im Vergleich zu ihr fühlte sie selbst sich wie Aschenputtel. Ihr Haar war nicht nur gründlich durcheinander, sie trug auch noch eine uralte Jeans und ein T-Shirt, das bessere Zeiten erlebt hatte. Phyllis dagegen hatte gekämmtes, glattes blondes Haar – etwas, nach dem Melisande sich insgeheim immer gesehnt hatte –, und sie trug ein butterblumengelbes Sommerkleid mit passenden Schuhen und Handtasche. Wehmütig dachte Melisande an all die wundervollen aufeinander abgestimmten Kleidungsstücke, die zu Hause in ihrem Schrank hingen. Wenn sie nur ein paar Sachen mit rotem oder auch blauem Etikett eingepackt hätte, hätte sie einen besseren Eindruck machen können.

»Sagte Cameron nicht, Ihr Name wäre Melisande?« Phyllis war immer noch außerstande, ihr Erstaunen zu verbergen, und ihr Blick wanderte immer wieder zu Camerons Arm, der auf Melisandes Schulter lag.

»Hab' ich«, erwiderte er. »Sie heißt Melisande.«

Vielleicht hätte ich doch die grüne Seidenbluse anziehen sollen, dachte Melisande, die sich immer noch über ihr Aussehen ärgerte. Andererseits wurde sie das Gefühl nicht los, daß Phyllis sie auf jeden Fall sehr kritisch betrachtet hätte, ganz gleich, wie sie gekleidet gewesen wäre. Sie machte sich aus Camerons Umarmung frei und lächelte so freundlich, wie sie konnte. »Mein Name ist Mel.«

»Melisande«, widersprach Cameron.

Melisande zuckte die Achseln. »Meinetwegen.«

Phyllis' Blick wanderte von Cameron zu Melisande. »Nun, Melisande«, sagte sie langsam, »und was machen Sie hier?«

Cameron täuschte Unmut vor, konnte aber das Lachen in seiner Stimme nicht unterdrücken. »Phyllis, wo bleiben deine Manieren?«

»Tut mir leid«, wandte sich Phyllis an Melisande, jetzt mit einer Miene kühler Höflichkeit. »Ich wollte nicht unhöflich sein. Ich dachte nur, daß ich alle Freunde und Bekannten von Cameron kenne.«

»Melisande ist eine neue Freundin. Eine sehr gute Freundin.«

Beide Frauen starrten ihn an.

»Warum setzen wir uns nicht?« schlug er unbekümmert vor. »Es ist bestimmt noch heißer Kaffee in der Kanne.«

Phyllis' perfekt gezupfte Augenbrauen hoben sich leicht, als ihr Blick auf den Tisch fiel, der für zwei

Personen gedeckt war. »Ihr zwei habt gefrühstückt. Wie nett.« Sie sah zu Melisande, die Augen nicht ganz so blau wie die ihres Bruders, aber auf ihre Art auch sehr beeindruckend. »Ich habe euch hoffentlich nicht unterbrochen.«

In Melisandes Ohren verlieh Phyllis' Betonung von ›nett‹ dem Wort die gegenteilige Bedeutung – etwa in der Richtung von ›unmoralisch, prinzipienlos und verworfen‹. »Nein. Wir waren bereits fertig und sind nach oben gegangen, um . . . äh . . .« Sie sah die Falle, die sie sich selbst gestellt hatte, und wagte einen Fluchtversuch. »Wir waren oben, um das Bett zu testen.« Die Falle schloß sich hinter ihr. Verdammt, und normalerweise konnte sie so gut mit Worten umgehen!

Phyllis verschlug es für einen Moment die Sprache. »Sie haben das Bett getestet?«

Cameron grinste fröhlich. »Das hat sie gesagt. Möchte eine von euch Kaffee?«

»Nein«, antworteten Melisande und Phyllis einstimmig.

»Welches Bett?« wollte Phyllis wissen.

»Mein Bett«, antwortete Cameron.

Phyllis holte tief Luft. »Nun, Cameron, ich wollte dir eigentlich nur sagen, daß Elizabeth ihren Besuch bei dir gestern sehr genossen hat.«

Camerons Grinsen vertiefte sich. »Ach ja, Elizabeth. Kandidatin Nummer vier. Oder war sie Nummer fünf?«

Phyllis kniff die Augen zusammen. »Sie ist die vierte Freundin, die ich dir vorgestellt habe. Hat sie dir gefallen?«

»Sie wirkte sehr angenehm. Übrigens, du kannst ihr ausrichten, daß mir ihr Brot sehr gut geschmeckt hat.«

»Es war phantastisch«, warf Melisande ein, die erneut

Mitleid für Elizabeth empfand. Wie schrecklich, bei Cameron als eine Nummer zu rangieren!

Wieder schossen Phyllis' Augenbrauen in die Höhe. »Sie haben Elizabeths Brot gegessen?«

»Gestern abend zum Abendessen.« Vielleicht wäre es besser, ab jetzt den Mund zu halten, ging ihr durch den Kopf. Noch besser wäre es, sofort abzufahren. Sie steuerte die Treppe an.

Cameron legte eine Hand auf ihre Schulter und hielt sie zurück. »Ich habe Elizabeths Essen für uns aufgewärmt. Es war köstlich. Das mußt du ihr unbedingt sagen.«

»Sag du es ihr«, fuhr Phyllis ihn an. »Schließlich geht es nur darum, dich mit ihr oder einer der anderen zusammenzubringen.«

»Wie kommst du darauf, daß mir das entgangen wäre?« fragte er unschuldig.

Sie preßte kurz ihre manikürten Fingerspitzen an die Stirn. »Warte mal . . . Ich wollte dich auch noch fragen, ob du bereits entschieden hast, wen du zum bald anstehenden Wohltätigkeitsball einladen wirst. Ich würde dir zu Lisa raten.«

Melisande meldete sich zu Wort. »Ehrlich gesagt, ich habe inzwischen eine Schwäche für Elizabeth entwikkelt.« Die Worte waren ihr einfach so herausgerutscht. Schlimmer noch, sie mußte gegen den Drang ankämpfen, nicht nur zu grinsen, sondern laut zu lachen. Als sich die Blicke zwei blauer Augenpaare auf sie hefteten, machte sie den tapferen Versuch, wieder ernst zu werden. »Natürlich hatte ich noch nicht das Vergnügen, Lisa kennenzulernen.«

Cameron begann, mit dem Daumen leicht über ihre

Schulter zu streichen. »Meine Pläne stehen noch nicht fest, aber ich arbeite daran.«

Melisande spürte einen heißen Schauer über ihren Rücken jagen. Zum Glück ertönte in diesem Moment wie auf Kommando der Summton ihrer Armbanduhr. »Tut mir leid.« Sie löste sich von Cameron und lief zum anderen Ende der Veranda, wo sie ihre Tasche auf einem Stuhl liegengelassen hatte. Sie steckte sich gerade eine Vitamin-C-Tablette in den Mund, als Cameron an den Tisch schlenderte und seine Tasse mit dampfend heißem Kaffee aus der Kanne nachfüllte.

Er sah Melisande an. »Nimmst du aus irgendeinem bestimmten Grund Vitamine?«

»Nein. Ich mache nur gerade eine neue Kur, um etwas gesünder zu werden, und ich halte mich gern an einen genauen Zeitplan.« Mit allen anderen Dingen ihres Lebens war sie momentan in Verzug geraten, und sie verspürte das starke Bedürfnis, wenigstens an einigen Gewohnheiten festzuhalten.

Phyllis folgte ihnen. »Was ich dir noch sagen wollte, Cameron, Mary Ann bringt dir heute etwas zum Abendessen. Sie macht einen geradezu himmlischen Nußkuchen. Du wirst begeistert sein, und sie wird dir auch gefallen.«

»Kenne ich Mary Ann?«

»Ja. Ich habe sie dir neulich im Drugstore vorgestellt.«

»Ach ja, jetzt erinnere ich mich. Klein, zierlich, eine Schleife im Haar, sieht so aus, als würde sie beim Anblick einer Maus kreischend Reißaus nehmen.«

»Sie ist Anwältin, Cameron«, sagte Phyllis tadelnd, »und eine sehr intelligente, verantwortungsbewußte Frau.«

»Ich würde beim Anblick einer Maus bestimmt kreischen«, warf Melisande ein, um die unbekannte Mary Ann zu verteidigen.

»Das würden die meisten Frauen«, sagte Phyllis leicht besänftigt.

Melisande fiel auf, daß sie von Cameron neugierig gemustert wurde. Zweifellos wunderte er sich, warum sie das Bedürfnis hatte, für die Kandidatinnen von Phyllis' Kampagne ›Eine Braut für Cameron‹ einzutreten. Ehrlich gesagt, sie wunderte sich allmählich selbst darüber. War das eine Verteidigungsstrategie ihrerseits? Wenn er einer anderen Frau gehörte, würde sie ihn nicht mehr so sehr begehren. Ja, sicher. Und sie würde auch ohne Tante Sarahs Bett wieder gut schlafen können, jede Wette.

»Richte Mary Ann bitte etwas aus von mir: danke, aber nein, danke«, sagte Cameron zu Phyllis, den Blick immer noch auf Melisande gerichtet. »Ich habe schon etwas vor. Ich gehe aus essen.«

»So?« fragten Melisande und Phyllis einstimmig. Schon wieder.

»Mit Melisande.«

Melisande schüttelte so heftig den Kopf, daß ihre inzwischen trockenen Locken hin und her flogen. »Nicht mit mir. Da irrst du dich.«

Er sah sie unverwandt an. »Haben wir etwas zu besprechen oder nicht?«

Das Bett. Er hatte sie am Haken. Aber sie weigerte sich, so leicht aufzugeben. »Ich habe noch nicht entschieden, ob ich bleiben werde.«

»Sie wollen hierbleiben?«

Phyllis' Stimme war höher als vorher, aber Melisande nahm es kaum zur Kenntnis. Sie konnte den Blick nicht von Cameron und seinen verdammten blauen Augen lösen. Sie hatten etwas Hypnotisches.

»Ja, wird sie«, antwortete Cameron.

»Hier im Haus? Bei dir?«

»Nein«, sagte Melisande.

Endlich wandte Cameron sich seiner Schwester zu. »Müßtest du nicht irgendwo anders sein oder irgendwas tun? Wo steckt dein Mann?«

Phyllis sah auf ihre Uhr, und Melisande empfand spontan etwas wie Geistesverwandtschaft mit ihr. Endlich noch jemand, der sich vorstellen konnte, zu einer bestimmten Zeit etwas Bestimmtes zu tun.

»Es ist halb zehn. John ist in seinem Büro und zweifellos damit beschäftigt, seiner wirklich wichtigen neuen und dazu noch extrem jungen Sekretärin etwas wirklich Wichtiges zu diktieren.«

»Warum fährst du nicht zu ihm und lädst ihn zu einem verfrühten Lunch ein?«

»Weil ich bereits eine Verabredung zum Lunch habe, und weil er weiß, wo er mich erreichen kann, falls er Lust hat, mit mir Essen zu gehen.«

»Was habe ich dir gesagt, Schwesterherz . . .«

»Ich muß gehen«, unterbrach Phyllis ihn und wandte sich zur Treppe. »Es war sehr nett, Sie kennenzulernen, Melisande.«

Wieder hatte sie das Wort ›nett‹ so betont, daß Melisande eine andere Bedeutung heraushörte, diesmal ›unerquicklich, unerfreulich und äußerst unangenehm‹.

»Ich habe mich auch gefreut, Sie kennenzulernen, und ich muß jetzt auch los.« Melisande hängte sich ihre Tasche um und folgte Camerons Schwester, aber gerade als sie die Stufen erreicht hatte, hielt Cameron sie erneut am Arm zurück.

»Bleib noch, bis sie weg ist«, sagte er leise. Lauter fügte er hinzu: »Einen schönen Tag, Schwesterchen.«

Phyllis drehte sich auf halbem Weg zu ihrem Wagen um und sah zu Cameron zurück. Als ihr auffiel, daß er Melisandes Arm hielt, runzelte sie die Stirn. »Was soll ich Mary Ann nun sagen? Soll sie bis morgen warten, um dir etwas zum Abendessen zu bringen?«

»Nein. Ich möchte, daß du ihr und all deinen Freundinnen sagst, daß ich durchaus imstande bin, mich selbst zu versorgen oder auszugehen, wenn ich Hunger habe. Ich brauche diese Art ›Essen auf Rädern‹ nicht, die du organisiert hast.«

»Überleg es dir lieber noch mal«, sagte Melisande zuckersüß. »Phyllis hat gemeint, daß Mary Anns Nußkuchen einfach himmlisch wäre.«

Der Griff um ihren Arm verstärkte sich. »Schluß damit«, verkündete er seiner Schwester.

Phyllis' Stirnrunzeln vertiefte sich. »Na schön. Ich werde Mary Ann Bescheid sagen, aber du und ich, wir werden uns darüber unterhalten, und zwar bald. Und denk inzwischen über den Wohltätigkeitsball nach. Es ist nur noch eine Woche bis dahin, und es ist wichtig, daß du kommst.« Sie schaute zu Melisande, drehte sich dann um und musterte den Kombi. »Ist das Ihr Wagen?«

Melisande betrachtete den staubbedeckten, verbeulten Kombi, der vor sieben Jahren, als sie ihre Agentur eröffnet hatte, ihr Eigentum geworden war. Durch die Fenster konnte sie – und Phyllis ebenso – die riesige Bettrolle sehen, die sie morgens gemacht hatte.

Alles, was dem Wagen fehlte, war ein Schild am Fenster mit dem Aufdruck: *MACHE HAUSBESUCHE, HABE EIGENES BETTZEUG.*

Neben Phyllis' elegantem, blitzsauberem kleinen

Sportwagen wirkte ihr Kombi wie eine Lasterhöhle, noch dazu wie eine sehr dreckige Lasterhöhle. Sie wollte schon zu der Erklärung ansetzen, daß sie einen sehr schönen, neuen und sauberen Sedan zu Hause in ihrer Garage hätte, mit dem sie Klienten zum Essen ausführte, und den Kombi nur behielt, weil sie darin Requisiten für Fototermine und alles andere, was sie sonst noch brauchte, transportieren könnte, entschied dann aber, daß es unwichtig wäre. Schließlich würde sie Phyllis nie wiedersehen.

»Ja«, sagte sie munter. »Das ist mein Wagen.«

»Verstehe.«

Diesmal machte Melisande sich nicht mehr die Mühe, Phyllis' Tonfall zu interpretieren. Sie hob einfach eine Hand und winkte. »Tschüß!« Halblaut fügte sie an Cameron gerichtet hinzu: »Soviel zu deiner Annahme, daß deine Schwester mich lieben würde. Würdest du jetzt bitte meinen Arm loslassen?«

»Ungern.« Trotzdem ließ er sie los. »Und was Phyllis betrifft, sie wird dich lieben, glaub mir. Es tut mit leid, wie sie sich heute benommen hat. Manchmal kann sie eine wahre Landplage sein.«

Melisande zuckte die Achseln und sah Phyllis' Wagen nach. »Du brauchst dich für nichts zu entschuldigen. Ich kann sogar verstehen, warum ich sie irritiert habe. Offensichtlich hat sie von deiner zukünftigen Ehefrau eine ganz klare Vorstellung, und ich passe eben nicht ins Bild.«

Er nahm sie bei den Schultern und drehte sich zu sich herum. »Es ist völlig uninteressant, was Phyllis sich vorstellt. Wenn es soweit ist, werde ich verdammt noch mal heiraten, wen ich will.«

»Fein. Wunderbar. Großartig«, sagte sie mit einem

Enthusiasmus und einer Überzeugung, die sie bei weitem nicht empfand. »Aber mich geht das alles wirklich nichts an. Spätestens morgen bin ich wieder weg.«

»Dann bleibst du heute nacht also noch?«

Lieber Himmel! Mehr oder weniger hatte sie genau das gesagt! »Ich weiß nicht«, sagte sie zögernd. »Ich muß in meinem Büro nachfragen, ob es überhaupt möglich ist, und dann muß ich mich bei George Whitmark erkundigen, ob er noch etwas frei hat.«

Er lächelte. »Wird er.«

Sein zufriedener Gesichtsausdruck zerrte an ihren ohnehin schon überreizten Nerven. Sie erhob drohend einen Finger. »Laß dir eins sagen. Falls – und ich sage ›falls‹, verstanden? – ich bleibe, werden wir über das Bett reden, und zwar ernsthaft.«

»Natürlich.«

Sie nickte, leicht besänftigt angesichts der Tatsache, daß er ihr zugestimmt hatte. »Dann sehen wir uns später?«

»Stimmt. Zum Abendessen. Ich werde dich um sechs abholen.«

»Abendessen? Nun, ich weiß nicht . . .« Das klang ihr zu sehr nach einer Verabredung.

»Es wird ein Geschäftsessen werden«, versprach er.

Mißtrauisch zog sie die Brauen zusammen. Sie war eine zu clevere Geschäftsfrau, um ihrem Gegenüber alles zu glauben.

Seine Miene spiegelte reine Unschuld wider. »Wir müssen uns unterhalten, stimmt's? Und wir müssen essen, stimmt's? Tja, und in meinem heutigen Terminplan bleibt mir nur beim Abendessen Zeit, mit dir zu reden. Du könntest natürlich jederzeit tagsüber herkommen, aber ich könnte mich kaum konzentrieren, weil ich arbeiten muß. Wie ich sehe« – er warf einen Blick auf die Straße, wo etliche Wagen näherkamen – »sind das schon meine Arbeiter.«

Melisande respektierte Terminpläne, aber dennoch wurde sie das Gefühl nicht los, manipuliert zu werden. Außerdem belastete sie der Gedanke, wieviel Zeit sie hier vertrödelte.

Das Problem war, daß sie das Bett wollte – unbedingt –, und wenn ein weiterer Tag ihr half . . . Außerdem klang ein Abendessen ganz nett. Ihr Arzt hatte ihr gesagt, sie müsse regelmäßiger essen, und sie bemühte sich nach Kräften, seine Anordnungen zu befolgen – außer der, ihr Tempo zu verlangsamen, natürlich. »Na schön, meinetwegen. Dann sehen wir uns also um sechs.«

Bevor sie zurückweichen konnte, beugte er sich zu ihr und strich mit seinen Lippen über ihre. »Ich kann es kaum erwarten.«

Den ganzen Weg zurück zum Motel prickelten ihre Lippen, und das hinderte sie daran, wie geplant vom Auto aus Sam anzurufen. Sie mußte warten, bis das leichte Brennen, das Camerons Küsse hinterlassen hatten, verschwunden war. Sie mußte lange warten.

»Sie wollen nicht wieder Nummer 1?« fragte George überrascht. »Haben Sie sich nicht wohl gefühlt?«

»Es war sehr nett«, sagte Melisande, indem sie Phyllis' Beispiel folgte und im Geist ihre eigene Definition für das Wort ›nett‹ einsetzte. »Es ist nur so, daß ich ganz gern eines der noch nicht renovierten Apartments ausprobieren würde. Sie wissen schon, um zu sehen, wie hier alles vor zehn, fünfzehn Jahren war.«

»Sagen wir lieber, vor fünfundzwanzig, dreißig Jahren«, meinte George. »Aber wenn Sie das wollen, ich habe nichts dagegen. Ich hole nur schnell meine Schlüssel.«

Sie fingen bei Nummer 10 an und arbeiteten sich vor. In jedem Apartment testete Melisande die Matratze, nur daß sie sich diesmal nicht einfach auf das Bett setzte, sondern legte. In Nummer 6 sagte sie schließlich: »Ich denke, die hier wird gehen.« George stieß einen Seufzer der Erleichterung aus, und sie schenkte ihm ein mitfühlendes Lächeln, gab aber keine Erklärung ab. Für Menschen, die nicht an Schlaflosigkeit litten, war es schwer zu verstehen, aber es mußte einfach alles stimmen.

Zum Beispiel, dachte sie kurze Zeit später, als sie ihren Wagen auslud, gab es in Apartment 6 helle Möbel mit abgerundeten Kanten. Im Teppich herrschten blasse Rottöne vor, die Vorhänge waren zwar etwas verschossen, sahen aber trotzdem nett aus. Alles im Raum war darauf ausgerichtet, das Auge nicht zu überanstrengen. Derartige Details waren für den Durchschnittsmenschen vielleicht ohne Bedeutung, aber jemand, der an Schlaflosigkeit litt, brauchte jede Form von Unterstützung.

Sie öffnete ein Fenster, um die duftende Luft hereinzulassen, und machte sich daran, das Bett neu zu beziehen. Die Matratze war angenehm durchgelegen, verfügte aber dennoch über die unverzichtbare Festigkeit, eine Kombination, die nur selten vorkam. Trotzdem zögerte Melisande nicht, ihre Spezialunterlage darüber auszubreiten. Keine Matratze konnte ohne diese Unterlage auskommen – nur Tante Sarahs Matratze.

Sowie sie alles im Zimmer nach ihrem Geschmack arrangiert hatte, setzte sie sich im Schneidersitz mitten aufs Bett und rief Sam an. »Wie läuft der Laden?«

»Bestens. Von wo rufst du an?«

»Ich bin immer noch in Lacy.«

»Im Ernst? Dann hast du also beschlossen, deinen Aufenthalt zu verlängern. Gut gemacht, Kleines. Du hast etwas Ruhe und Erholung dringend nötig.«

»Spar dir deinen Beifall«, gab sie mißmutig zurück. »Ich bleibe nicht hier, um mich zu erholen. Der Besitzer von Tante Sarahs Bett entpuppt sich als Problem.«

»Inwiefern?«

Auf mehr Arten, als du dir träumen läßt, dachte sie und hob den Blick zur Decke. »Er kann sich nicht entschließen, ob er das Bett rausrücken will oder nicht, deshalb habe ich zugesagt, über Nacht zu bleiben, damit wir beim Abendessen noch einmal darüber sprechen können.«

»Aus welchem Grund auch immer, ich bin froh, daß du dort bleibst.«

»Warum? Was geht bei euch vor, das ich nicht wissen soll? Haben wir einen wichtigen Kunden verloren?« Sie hatte der Agentur nie auch nur für einen ganzen Tag den Rücken gekehrt, und sie wurde eine gewisse Unruhe nicht los, wie eine Mutter, die ihr Baby unbeaufsichtigt zu Hause gelassen hat. Ihre Firma war ganz eindeutig ihr Baby.

»Reg dich ab, Mel. Alles steht zum Besten.«

In der nächsten halben Stunde erstattete Sam Bericht, und dann diskutierten sie die Projekte, die gerade liefen, und diejenigen, die sie in den nächsten ein, zwei Wochen anzuleiern hofften.

Nachdem diese Fragen geklärt waren, fühlte Melisande sich etwas besser. Sie entspannte sich sogar soweit, daß sie den zarten Duft der Mittagsbrise wahrnehmen konnte, der ihre kleine Behausung erfüllte. Plötzlich rückte die Erinnerung an Cameron in den Vordergrund. »Sam, fällt dir irgendein Herren-Eau-de-Cologne ein, für das wir die Werbung übernehmen könnten?«

»Im Moment nicht. Derartige Werbeetats werden normalerweise von den großen Tieren in New York übernommen, Warum?«

»Ich habe gerade an den Duft eines Mannes gedacht, das ist alles.«

»Wirklich?« fragte Sam interessiert. »Das ist ja ganz was Neues bei dir. Hier bei uns in Dallas denkst du nur an deine Arbeit.«

Weil in Dallas auch kein Cameron war. »Das *ist* Arbeit«, sagte sie ärgerlich, aber nur auf sich selbst. »Wer sagt, wir wären nicht so gut wie die ›großen Tiere‹? Unsere Agentur ist vielleicht klein, aber wir haben genausoviel Talente wie die Agenturen in New York.«

»He, Süße, leg dich nicht so ins Zeug. Ich bin schon auf deiner Seite.«

»Richtig. Na ja, vergiß es. Wahrscheinlich werde ich jede Art von Duft vergessen, sowie ich hier wegkomme. Lacy, Alabama, ist ein einziges großes Disneyland für die Sinne.«

»Wenn du es sagst, Mel«, erwiderte er besänftigend.

»Bis dann, Sam. Ich rufe dich um« – sie sah auf die Uhr – »halb fünf wieder an, um zu hören, wie der Tag verlaufen ist. Und vergiß nicht, alles zu erledigen, was wir besprochen haben.«

»Ja, Mel. Nein, Mel. Ich werde deinem Anruf entgegenfiebern. Mel.«

Sie legte auf und rieb sich die Stirn. Lieber Himmel, war sie müde! Sie hätte sich liebend gern ausgestreckt und ein Nickerchen gemacht, aber niemals, unter keinen Umständen, döste sie tagsüber. Damit würde sie ihre ohnehin geringe Chance ganz zerstören, nachts Schlaf zu finden.

Sie schob sich müde vom Bett und holte ihre Jeansshorts, ein T-Shirt und Unterwäsche aus ihrer Reisetasche, um sie im Bad auszuspülen.

Sie hängte gerade alles über die Duschstange, als der Summton an ihrer Armbanduhr ertönte. Wieder im Schlafzimmer, nahm Melisande zwei Magentabletten aus ihrer Handtasche und schluckte sie. Merkwürdigerweise hatte ihr Magen sich heute morgen noch nicht unangenehm bemerkbar gemacht, aber der Arzt hatte ihr geraten, die Tabletten alle vier Stunden zu nehmen.

Sie warf einen Blick auf ihre Uhr und sah sich dann geistesabwesend um. Was jetzt?

Sie war hier, weil ein blauäugiger Mann namens Cameron Tate das einzige Bett der Welt besaß, in dem sie schlafen konnte. Er hatte sie auf den ersten Blick total aus dem Gleichgewicht gebracht. Und dann hatte er sie geküßt und geküßt und . . . dadurch anscheinend ihr Gehirn aufgeweicht, da sie zugestimmt hatte, mit ihm essen zu gehen.

Sie war außerhalb ihrer gewohnten Umgebung, das war alles, und sie fühlte sich ein bißchen verloren. Wahrscheinlich war das völlig normal. Morgen um diese Zeit würde sie auf dem Heimweg sein und sich viel besser fühlen.

4

Zum zweitenmal an diesem Tag beendete Melisande ein Telefongespräch mit Sam und sah wieder einmal auf ihre Uhr. Viertel nach fünf. Das bedeutete, Cameron würde in fünfundvierzig Minuten hier sein. Lieber Gott, warum hatte sie diese Einladung je angenommen?

Das Bett, erinnerte sie sich. Das Bett.

Sie schlüpfte rasch aus ihren Sachen und ging unter die Dusche. Genau dort, exakt neununddreißig Minuten, bevor Cameron sie abholen würde, dämmerte Melisande, daß sie ein Garderobeproblem hatte. Sie würde schon wieder Jeans tragen müssen, diesmal mit der knittrigen grünen Seidenbluse. Es wäre nicht so schlimm gewesen, wenn sie das Outfit mit einem Paar flotter Schuhe hätte ergänzen können, mit einem hübschen Gürtel vielleicht und etwas Modeschmuck. Aber das konnte sie nicht. Alles, was sie hatte, war ein Paar ausgetretener Tennisschuhe.

Und das einzige Make-up, das sie bei sich hatte, war ein Lippenstift, und das auch nur, weil er zufällig in der Tasche gewesen war, die sie am Tag vor ihrer Fahrt mit ins Büro genommen hatte. Noelle würde das ganz und gar nicht gefallen. Aber wer hätte ahnen können, daß sie in die Lage kommen würde, sich in Lacy, Alabama, groß in Schale zu werfen?

Stöhnend lehnte sie sich vor und preßte den Kopf an die Kacheln der Duschkabine. Sie würde alles dafür geben, Noelle jetzt bei sich zu haben, aber Noelle war in Dallas, genau dort, wo auch sie sein sollte. Es war eine völlig neue Erfahrung für Melisande, sich Gedanken um ihr Aussehen zu machen, und es machte aus ihr ein Nervenbündel.

Um fünf Uhr achtundzwanzig schoß Melisande aus der Dusche. Da ihr Haar unter der Dusche naß geworden war, zähmte sie es hastig mit Gel, schlüpfte in ihre Jeans, schlang ein Handtuch um ihren Oberkörper, öffnete die Tür nach draußen und spähte vorsichtig hinaus.

Nachdem sie sich davon überzeugt hatte, daß niemand in der Nähe war, setzte sie sich auf die Treppe vor der Eingangstür und betete, Sonne und Wind würden ihr Haar schnell trocknen. Immer wieder sah sie auf die Uhr, während sie das Unkraut zupfte, das die kleinen Blumenbeete zu beiden Seiten der Stufen zu überwuchern drohte.

Um fünf Uhr fünfundvierzig war sie wieder im Haus, um ihre Tabletten zu nehmen. Es würde noch eine Weile dauern, bis der Summton die nächste Einnahmezeit verkündete, aber Melisande hatte das Gefühl, daß sie eine Extradosis Vitamine brauchte, um den Abend zu überstehen.

Es war fünf Uhr fünfundfünfzig, als Cameron an die Tür klopfte.

»Du bist früh dran«, sagte sie etwas atemlos, als sie die Tür öffnete.

»Du bist schön«, sagte er.

Es war nicht die Antwort, die sie erwartet hatte, und sie brauchte einen Moment, um sich davon zu erholen. Normalerweise achtete sie kaum auf persönliche Komplimente, aber in diesem Fall fiel es ihr schwer, seine Worte mit einem Achselzucken abzutun. Sein Kompliment freute sie viel mehr, als es sollte. Aber dann wiederum reagierte sie in jeder Beziehung anders auf ihn als auf irgendeinen anderen Menschen.

Er trug eine Jeans, ein helles Hemd und darüber eine kakaofarbens Jackett. *Sie* hätte *ihm* Komplimente machen sollen. »Danke«, sagte sie schließlich.

»Nichts zu danken. Bist du fertig?«

»Ja.« Sie ging ins Zimmer zurück und nahm ihre Handtasche vom Bett. »Ich hoffe, wir gehen in ein Lokal, in dem es eher zwanglos zugeht.«

»Tun wir. Um genau zu sein, handelt es sich um eins meiner Lieblingslokale. Es ist eine Raststätte, die ein Stück von der Hauptstraße entfernt liegt. Man bekommt dort Steaks, aber auch Hamburger.«

Sie konnte nicht widerstehen, ihn zu necken. »Auch Nußkuchen?«

Er grinste. »Wir werden sehen.«

Ein paar Minuten später fühlte sie sich genötigt zu sagen: »Dein Auto ist sehr sauber.« Und groß und teuer, fügte sie insgeheim hinzu, als sie sich in den weichen Sitz zurücklehnte und eine holperfreie Fahrt über eine Nebenstraße genoß.

»Wenn ich in den letzten Tagen von Dallas nach Lacy gefahren wäre, wäre der Wagen genauso schmutzig wie deiner.«

Sie strich mit der Hand über das weiche helle Leder des Sitzes. »Was machst du noch gleich, außer Häuser renovieren, hast du gesagt?«

»Nur Dinge, die ich mag.«

Sie nickte, während ihr durch den Kopf ging, daß ihre Frage eine Menge an Präzision zu wünschen übrigließ. Sie hatte Cameron ein Schlupfloch geliefert, das groß genug war, um mit seinem Wagen durchzufahren. Wenn sie noch länger in Lacy blieb, würde sie jede Wortgewandtheit verlieren.

»Ich finde, du solltest ernsthaft daran denken, als Model zu arbeiten. Du könntest ein Vermögen machen.«

»Wirklich? So viel, meinst du?«

Sein trockener Tonfall verriet ihr, daß er sie nicht ernst nahm. Und wenn er sich einen Wagen wie diesen leisten konnte, war er vielleicht gar nicht an Geld interessiert. Andererseits war es möglich, daß die Raten, die er monatlich zu zahlen hatte, alles verschlangen, was er hatte. Er war und blieb ein Rätsel, was vielleicht gut so war. Sie vermied es jedenfalls bewußt, das Thema weiter zu verfolgen.

»Wenn ich Werbung für deinen Wagen machen müßte, dann wäre es etwas in der Art: ›Kommen Sie an Bord. Hier können Sie noch leben wie Gott in Frankreich, Mahlzeiten und Wäscheservice frei Haus‹.«

Er lachte. »Ich wette, deine Werbeagentur ist sehr erfolgreich.«

»Nicht so erfolgreich, wie ich es gern hätte, aber es geht voran. Wir sind knapp davor, im großen Stil einzusteigen.«

»Du wirst es schaffen.«

Sein überzeugter Tonfall wärmte ihr das Herz. »Ja, das werde ich. Ich habe zu hart gearbeitet, um zu versagen.«

Er warf ihr einen Seitenblick zu. Ihre Finger strichen über das Kristallglas ihrer Armbanduhr, ihr herrliches Haar schien Funken zu sprühen, und die Sommersprossen auf dem golden schimmernden Gesicht waren bezaubernd. Er liebte ihre Sommersprossen, stellte er fest, aber er haßte die Ringe unter ihren Augen. »Was hast du heute gemacht? Hast du dich ein bißchen ausgeruht?«

»Ausgeruht?« Sie wiederholte das Wort so ungläubig, als hätte sie es noch nie ausgesprochen. »Nein. Ich habe ein paarmal mit meinem Büro telefoniert und eine Weile an einer neuen Idee gearbeitet.« Genaugenommen hatte sie mit Worten gespielt, um eine treffende Beschreibung für Camerons Duft zu finden. Es war ihr nicht gelungen. »Ich habe Farbzusammenstellungen mit George diskutiert. Er hat die Apartments 1 und 2 ganz in Beige gestaltet, und ich habe ihm geraten, ein bißchen mehr zu experimentieren. Es mit Blau zu versuchen zum Beispiel. Blau hat angeblich eine beruhigende Wirkung auf Menschen und hilft ihnen, sich zu entspannen. Ohne mein blaues Schlafzimmer zu Hause käme ich nicht einmal zu den paar Stunden Schlaf pro Woche, die ich bekomme. Er könnte es auch mit Pfirsichfarben versuchen. Frauen lieben diese Farbe. Sie macht ein schönes Licht und läßt fast jede Frau gut aussehen.«

»Ist das so?«

»Ja. Und ich habe eine Fahrt durch die Stadt gemacht. Ich war überrascht, an wieviel ich mich erinnern konnte, an den Park zum Beispiel. Tante Sarah war ein paarmal mit mir dort. Werden dort immer noch Konzerte gegeben?«

»Und ob«, antwortete er, während er auf einen spärlich besetzten Parkplatz bog. »Das Orchester probt schon eifrig für die Sommersaison.« Er stellte den Motor ab und drehte sich zu Melisande um. Sie starrte durch die Windschutzscheibe auf das ländliche und doch elegante Gasthaus vor ihnen. »Was denkst du?« fragte er.

»Ich denke, ich sollte besser angezogen sein.«

»Was du auch anziehst, es ist auf jeden Fall richtig, Melisande.« Er beugte sich vor und küßte sie flüchtig auf die Wange, und ein paar Sekunden später hielt er ihr die Beifahrertür auf und reichte ihr die Hand.

Der weitläufige Speisesaal des Rasthauses war gedämpft beleuchtet, und ledergepolsterte Nischen schufen sowohl Behaglichkeit wie eine gewisse Privatsphäre. Zu Melisandes Überraschung gab es auch eine kleine Bühne und eine Tanzfläche.

»Es ist sehr nett«, sagte sie, während sie in die Nische rutschte, die man ihnen angewiesen hatte. Sie griff nach der Speisekarte und überflog sie. »Oh, oh! Kein Nußkuchen. Es wird dir noch leid tun, Mary Anns Angebot abgelehnt zu haben.«

Er lächelte. »Das kann ich mir nicht vorstellen.«

Wieder einmal betört von dem Zauber seines Lächelns, wurde ihr heiß. »Ich glaube, ich habe noch nie jemanden kennengelernt, der soviel lächelt wie du.« Oder vielleicht doch, korrigierte sie sich, aber sie kannte niemanden, der ein so verheerendes Lächeln hatte, ein Lächeln, das es ihr schwermachte, vernünftige Gedanken zu fassen.

»Ich habe genug Grund zum Lächeln«, murmelte er.

Sie streckte den Kopf in die Speisekarte und studierte sie kritisch. Die Gestaltung war ansprechend, die diversen Speisen deutlich gegliedert. Die Namen der Hauptspeisen waren in Handschrift geschrieben, und die Beschreibung jeder Speise stand in leicht zu lesenden Buchstaben unter dem Namen. »Gute Arbeit«, murmelte sie.

»Was?«

»Die Gestaltung der Speisekarte.«

»Und wie steht's mit dem Essen, Melisande?« erkundigte er sich trocken. »Du bist nicht zum Arbeiten hier.«

Sie klappte die Karte zusammen. »Brathähnchen, Kartoffel in der Folie und einen gemischten Salat.«

»Ist das alles?«

»Und Brot. Ich liebe Brot.«

Während Cameron ihre Bestellung aufgab, beschäftigte Melisande sich damit, alles auf dem Tisch neu zu arrangieren, einschließlich der Bestecke und Gläser. Als die Kellnerin sie wieder verließ, sah Cameron zu Melisande und bemerkte, was sie tat. Er langte über den Tisch und nahm ihre beiden Hände in seine.

»Schluß jetzt«, befahl er. »Verstanden? Schluß damit.«

Lieber Himmel. Selbst in dieser schwachen Beleuchtung ließ sie die Intensität seiner blauen Augen Zeit, Raum und gesunden Menschenverstand vergessen. »Tut mir leid. Mache ich dich nervös?«

»Nein. Du schaffst mich.«

Sie grinste. Das behauptete Sam auch manchmal. »Tut mir leid«, sagte sie wieder. »Ich habe dir ja gesagt, wie schwer es mir fällt, stillzusitzen und nichts zu tun.«

»Warum?«

»Wahrscheinlich darum, weil ich immer soviel zu tun habe.«

»Sag mir, wie spät es ist.«

Sie sah ihn verdattert an. »Du willst wissen, wie spät es ist?«

»Ja, so ist es. Sag mir bitte die genaue Uhrzeit.«

Die Uhr an seinem Handgelenk war aus Gold und sah schwer, männlich und teuer aus. Sie konnte sich nicht vorstellen, daß sie nicht die korrekte Zeit angab, aber er hatte sie nach der Uhrzeit gefragt. Da er ihre Hände immer noch festhielt, mußte sie sich den Hals verrenken, um einen Blick auf ihrer Uhr zu erhaschen. »Es ist sechs Uhr sechsundzwanzig.«

»Fein. Sechs Uhr sechsundzwanzig. Dann sag mir bitte, was du genau zu diesem Zeitpunkt, in diesem Restaurant, in dieser Stadt zu tun hast.«

Verteidungswälle gegen dich aufziehen, weil du unverkenn-

bar gefährlich bist. Da sie es für klüger hielt, diese Erkenntnis für sich zu behalten, gab sie ihm die einzige mögliche Antwort. »Nichts.«

»Dann entspann dich, Melisande.«

Sie atmete tief durch. »Ich werd's versuchen.«

Er ließ ihre Hände los und lehnte sich zurück, den Blick weiter auf sie geheftet. »Warum macht es dir soviel Mühe, dich zu entspannen? Was hetzt dich so? Erzähl mir ein bißchen von dir.«

Sie lockerte die verspannten Schultern. Das Thema bereitete ihr sichtlich Unbehagen. »Du weißt doch schon alles, was wichtig ist. Ich besitze eine Werbeagentur, und ich will Tante Sarahs Bett.«

»Und das ergibt den kompletten Menschen Melisande Lanier? Eine Werbeagentur und ein Bett?«

»Diese beiden Dinge sind sehr wichtig. Arbeit und Schlaf. Was gibt es mehr?«

»Ein Privatleben.«

Das Thema Privatleben war ihr nicht neu. Sam und etliche andere hatten ihr oft genug gepredigt, wie wichtig es wäre, daß sie so etwas hätte. Aber mit Cameron darüber zu sprechen gab dem Problem Nuancen, die ihr unangenehm waren. Sie nahm sich einen Moment Zeit, um die Serviette in ihrem Schoß anders zu falten. »Mein Geschäft ist mein Privatleben.«

»Es gibt keinen Mann in deinem Leben?«

Sie schüttelte den Kopf. »Ein Mann wäre mir nur im Weg.«

»Wobei?«

Vielleicht ist Cameron ja Staatsanwalt oder Polizeibeamter, überlegte sie. Auf jeden Fall verstand er es, Leute auszufragen. »Er würde Aufmerksamkeit wollen, und wenn ich ihm die gäbe, könnte ich meiner Firma nicht mehr soviel Zeit widmen. Und gerade im Moment erfordert die Agentur meine ganze Aufmerksamkeit.«

»Aber du hast doch gesagt, sie geht gut.«

»Stimmt.«

»Laß Messer und Gabel in Ruhe, Melisande.«

Sie sah auf den Tisch und stellte fest, daß sie die beiden Besteckteile so hingelegt hatte, daß sie genau den gleichen Abstand zum Teller hatten. Genau so mußte ein Gedeck für den Anlaß einer Präsentation hergerichtet sein. Sie seufzte. So sehr es ihr auch zur zweiten Natur geworden war, alles mögliche gefälliger zu arrangieren, tat sie es normalerweise nicht, wenn sie mit jemand in ein Restaurant ging. Aber mit Cameron auszugehen übte eine seltsame Wirkung auf ihr Nervensystem aus. Zu ihrer Erleichterung sah sie, daß die Kellnerin ihre Salate brachte. »Warum sprechen wir zur Abwechslung nicht über dich?« fragte sie, nachdem die Kellnerin wieder gegangen war.

»Gern. Was möchtest du wissen?«

Sie fing mit dem Thema an, das ihr am meisten auf dem Herzen lag. »Warum ist Phyllis so wild entschlossen, dich unter die Haube zu bringen?«

Die Erwähnung seiner Schwester zauberte ein liebevolles Lächeln auf sein Gesicht. »Ihr Hauptinteresse liegt nicht so sehr darin, mich zu verheiraten, als vielmehr darin, sich selbst abzulenken.«

»Wovon?«

»Du hast gehört, daß ich nach ihrem Mann gefragt habe?«

Sie nickte.

»Sie machen gerade eine schwierige Phase in ihrer Ehe durch, und keiner von beiden scheint geneigt zu sein, den ersten Schritt hin zu einer Klärung ihrer Probleme zu tun. Und das ist ein Jammer. Phyllis ist genauso verliebt wie vor zehn Jahren, als sie geheiratet hat, vielleicht noch mehr. Und sie fühlt sich hundeelend. Ich möchte ihr helfen, so gut ich kann, selbst wenn es nicht mehr ist, als für sie dazusein und ihr zuzuhören.«

»Ihr müßt euch sehr nahestehen.«

»Das tun wir wohl, denke ich. Wir sind in einer sehr glücklichen Familie aufgewachsen.«

»Ihr seid zu beneiden.«

»Du nicht?«

Unwillkürlich preßte sie für einen Moment die Lippen aufeinander. »Meine Mutter starb, als ich acht war. Mein Vater starb, als ich siebzehn war. Ich habe keine Geschwister«, sagte sie dann. »Warum reden wir nicht über unsere Bettgeschichte? Deshalb sind wir doch hier, oder?«

»Habe ich gerade Bettgeschichte gehört?« fragte eine melodische Stimme.

Im stillen fluchend hob Cameron den Kopf und stand dann widerstrebend auf. »Elizabeth, was für eine Überraschung, dich hier zu sehen.«

Das ist also Elizabeth, dachte Melisande. Cameron hatte sie als attraktiv bezeichnet; damit hatte er untertrieben. Sie war eine Schönheit. Sie hatte eine Fülle von glattem dunklem Haar und eine makellose helle Haut. Ihr elegantes königsblaues Kleid betonte die Farbe ihrer tiefblauen Augen. Vielleicht liegt es am Wasser in dieser Stadt, überlegte Melisande säuerlich, daß alle Frauen glattes Haar und blaue Augen hatten.

Elizabeth sah Cameron durch unglaublich dichte Wimpern an. »Eine angenehme Überraschung, hoffe ich.«

Ihre Bemerkung geflissentlich ignorierend, sah er über ihre Schulter. »Mit wem bist du hier?«

»Mit meinen Eltern. Warum kommst du nicht kurz mit, um sie zu begrüßen? Sie würden sich freuen.«

»Vielleicht ein anderes Mal. Elizabeth, ich möchte dir Melisande Lanier vorstellen. Melisande, das ist eine Freundin meiner Schwester, Elizabeth Cole.«

Melisande betrachtete diese Verkörperung von Lieblichkeit und zwang sich zu einem Lächeln. »Sehr erfreut.«

Elizabeth lächelte höflich. »Ebenfalls. Oh, hoffentlich verübelst du es mir nicht, wenn ich mich wiederhole, aber ich konnte nicht umhin, etwas von einer Bettgeschicht zu hören. Ist das ein Thema, das neuerdings in aller Öffentlichkeit besprochen wird, Cameron? Wenn dir die Unterhaltung zu heikel wird, kannst du in jedem Fall an unserem Tisch Schutz suchen.«

Die liebreizende Elizabeth begann Melisande auf die Nerven zu gehen, und sie lächelte plötzlich, als wäre sie eine Katze, die gerade eine Sahneschüssel leergeschlekken wollte. »Bettgeschichten und Betten sind eines meiner Lieblingsthemen. Ich liebe Betten geradezu. Man könnte sogar sagen, sie sind eine Art Besessenheit von mir, und insbesondere Camerons Bett übt eine starke Faszination auf mich aus.«

Elizabeths blasse Haut wurde eine Schattierung blasser. »Wie nett.«

Wow! dacht Melisande. Was die ganz besondere Betonung des Wortes ›nett‹ betraf, konnte Phyllis ihrer Freundin Elizabeth nicht das Wasser reichen.

»Ich glaube nicht, daß wir uns schon begegnet sind. Sind Sie zu Besuch in unserer Stadt?«

Melisandes Lächeln wurde breiter. »Ja.«

»Ein kurzer Besuch?«

»Ich bin nur auf der Durchfahrt.«

Elizabeth atmete sichtlich auf. »Wie nett.«

Endlich. ›Nett‹ war in dem Ton gesagt worden, der dem Wort eigentlich zustand. Aber schließlich hatte Melisande von vornherein gewußt, daß ihre Antwort Elizabeth gefallen würde.

Elizabeth wandte sich wieder dem Hauptgegenstand ihres Interesses zu. »Cameron, ich hoffe, dir hat das Essen geschmeckt, das ich dir gestern gebracht habe.«

»Ja, sehr, und Melisande auch. Nochmal danke.«

Elizabeth richtete ihr Augenmerk sofort wieder auf Melisande. »Sie haben mein Essen gegessen?«

Obwohl sie wußte, daß es dafür keinen Grund gab, hatte Melisande Schuldgefühle. »Nur ein kleines bißchen. Es war übrigens köstlich. Vor allem das Brot.«

Elizabeth schien sprachlos zu sein, und Melisande verspürte einen Hauch Mitgefühl. Allerdings nur einen schwachen Hauch.

Cameron machte Anstalten, sich wieder zu setzen. »Es war nett von dir, Hallo zu sagen, Elizabeth, aber wir wollen dich nicht länger aufhalten. Deine Eltern warten sicher schon.«

Es mußte jahrelange Übung erfordern, sich in jeder Situation so gefaßt zu geben, wie Elizabeth es auch jetzt noch tat.

»Du hast völlig recht, Cameron. Ich sollte wirklich wieder zu ihnen gehen. Wie aufmerksam von dir, daran zu denken. Sie sind solche Prachtstücke, und sie halten viel von dir.« Sie legte schöne, schlanke Finger an sein Revers und strich leicht darüber. »Nur eins noch. Ich weiß, wieviel du mit dem Haus zu tun hast, aber ich finde, du arbeitest einfach zu hart, und das kann ich einfach nicht zulassen. Wenn du nicht auf dich achtest, werde ich es tun.« Ihr Lächeln war betörend hinreißend. »Ich komme morgen mit ein paar netten Ideen dafür vorbei, wie wir beide uns eine schöne Zeit machen können, und ich will kein Nein hören, verstanden?«

Er schüttelte den Kopf. »Tut mir leid, Elizabeth, aber mein Terminkalender ist voll.«

Sie legte sanft einen Finger auf seine Lippen. »Was habe ich gerade gesagt? Ich will kein Nein hören!«

»Ich fürchte, du wirst es müssen.« Sein Tonfall war höflich, seine Miene allerdings eindeutig abweisend.

Sie ließ ihre langen Wimpern flattern und lachte melodisch. »Wir werden sehen.«

»Auf Wiedersehen, Elizabeth.«

»Bis bald.«

Elizabeth drehte sich um, aber sie vergaß ihre Manieren nicht und winkte Melisande über die Schulter zu. »Leben Sie wohl, Millie.«

Während Camerons und Elizabeths Unterhaltung hatte Melisande versucht, ihren Salat gefälliger zu arrangieren, aber es war ein unaufmerksamer und lustloser Versuch gewesen und zählte nicht zu ihren Meisterleistungen. Als Cameron sich wieder an den Tisch setzte, fragte sie: »Wie ist Lisa?«

»Lisa?« wiederholte er verständnislos.

»Die Frau, der Phyllis den Vorzug gibt.«

»Warum interessiert dich das?«

»Weil ich daran denke, auch für sie zu stimmen.«

Sein Mund verzog sich zu einem gequälten Lächeln. »Zuerst hielt ich diese Spinnerei meiner Schwester für harmlos, aber sie scheint außer Kontrolle geraten zu sein. Die Sache muß aufhören.«

»Willst du das wirklich? Ich meine, Elizabeth ist eine

sehr schöne Frau. Ein bißchen zu wenig subtil vielleicht, aber schön. Und ich muß zugeben, ich habe mittlerweile den Verdacht, daß sie ihr Brot in einem dieser neuen elektrischen Backgeräte macht, die perfekte Brotlaibe produzieren, ganz gleich, wie ungeschickt man sich anstellt. Trotzdem sieht es so aus, als hätte Phyllis ihre Kandidatinnen sorgfältig ausgesucht.«

Er runzelte die Stirn. »Du findest das wohl sehr komisch, was?«

»Ich muß gestehen, daß gewisse Aspekte einer Komik nicht entbehren«, antwortete sie vorsichtig, warf dann aber alle Zurückhaltung über Bord. »Ehrlich gesagt, alle Aspekte. Es wundert mich, daß Phyllis kein Hauptquartier für ihre Kampagne hat, mit freiwilligen Helfern und einer ganzen Reihe von Telefonen.«

»Ich glaube, das hat sie – in ihrem Haus.«

»Aha.« Melisande nickte. »Nun, ich muß sagen, ich kann verstehen, warum die Frauen so scharf drauf sind, deine Gunst zu erringen. Du hast eine sehr magische Ausstrahlung.«

Sein Blick wurde nachdenklich. »Findest du?«

Eigentlich hatte sie damit stark untertrieben. »Absolut. Habe ich nicht gesagt, du solltest Model werden?«

»Vergiß es. Wäre ich jemand, von dem du dir vorstellen könntest, ihn zu heiraten?«

»Ich . . . ich . . .« Die Worte blieben ihr im Hals stecken. Sie mußte sich räuspern, bevor sie wieder sprechen konnte. »Das steht nicht zur Debatte. Ich . . . ich bin schließlich nicht eben der Typ Frau, den Phyllis für dich vorgesehen hat.«

Er grinste. »Es wird nicht nach Phyllis' Nase gehen. Ich habe nicht vor, eine ihrer Kandidatinnen zu heiraten, es sei denn, ich verliebe mich zufällig in die Betreffende.«

Ihr wurde kalt ums Herz bei der Vorstellung, er könnte sich in irgendeine Frau verlieben, so kalt, daß sie nicht begriff, warum sie das Thema weiter verfolgte. »Wenn du den Frauen, die deine Schwester für dich ausgesucht hat, eine Chance geben würdest, könntest du dich leicht in eine von ihnen verlieben.«

Er setzte zu einer Antwort an, und Melisande wartete mit einer Spannung darauf, die sie selber überraschte. Aber genau in diesem Moment brachte die Kellnerin ihr Essen. Melisande half ihr, die Platten und Salatschüsseln so aufzustellen, daß sie und Cameron beide leicht an alles herankamen.

Schweigen senkte sich über sie, während sie aßen, ein Schweigen, bei dem Melisande sich zunächst gar nicht wohl fühlte. Sie hörte förmlich, wie die Räder in Camerons Kopf sich drehten, aber da sie keine Ahnung hatte, was er dachte, beschloß sie, sich lieber auf ihre Mahlzeit zu konzentrieren.

Camerons Nähe machte sie wie jedesmal nervös. Doch auf der anderen Seite empfand sie auch so etwas wie Zufriedenheit. Lag das vielleicht daran, daß es ihn glücklich zu machen schien, mit ihr statt mit Elizabeth zusammen sein? Unsinn, es lag bestimmt an dem Essen, das ihr wirklich schmeckte.

Als die Kellnerin ihren Tisch abräumte und ihnen zwei Tassen koffeinfreien Kaffee brachte, hatte Melisande sich einigermaßen entspannt.

Sie räusperte sich. »Weißt du, ich glaube, wir haben noch nie ernsthaft über einen Betrag für das Bett gesprochen, und ich wollte dir nur sagen, daß ich bereit bin, innerhalb vernünftiger Grenzen alles zu zahlen.«

Er schnitt eine Grimasse. »Sind wir wieder bei dem Bett, ja?«

»Deshalb sind wir hier.«

»Na schön, Melisande, was betrachtest du als ›vernünftig‹?« Sie nannte eine Summe, die ihm hoch vorzukommen schien, trotzdem sagte er. »Tja, ich weiß nicht.«

»Du willst mehr?«

Sein Blick glitt über sie. »Absolut.«

Der rauhe Unterton seiner Stimme ließ ihr heiß werden und beschleunigte ihren Puls. Erinnerungen an diesen Morgen, als sie sich an Cameron geklammert und ihn geküßt hatte, schossen ihr durch den Kopf.

Sie wurde rot. »Ich rede über das Bett und über Geld, Cameron.« Im selben Moment ertönte der Summer ihrer Armbanduhr. Sie drückte auf den Knopf, griff nach ihrer Tasche und nahm ihre Tabletten heraus.

Ohne Kommentar beobachtete Cameron, wie sie sie schluckte, und lächelte dann träge. »Weißt du was?«

Ihr Gesichtsausdruck wurde wachsam. »Was?«

»Ich glaube langsam, du hast recht. Du brauchst das Bett wirklich.«

Ihr Herzschlag setzte aus. Zum erstenmal hatte er ihr tatsächlich Hoffnung gemacht, daß er das Bett vielleicht verkaufen würde. »Ist das dein Ernst?«

»Ja.«

Ihre Gedanken überschlugen sich. Jetzt mußte sie ihn nur noch dazu bringen, einen Preis zu nennen. Sie begann sofort, diverse Strategien zu entwickeln.

»Die Band ist wirklich gut, findest du nicht? Warum tanzen wir nicht?« fragte Cameron und riß sie so aus ihren Gedanken.

Melisande warf einen Blick zur Tanzfläche und sah zu ihrer Überraschung mehrere Paare dort. Das Lokal hatte sich gefüllt, seit sie zum letztenmal aufgeschaut hatte. Ihr war nicht einmal aufgefallen, daß inzwischen Musik spielte. Sie schüttelte den Kopf. »Ich kann nicht tanzen.«

»Meinst du, du weißt nicht, wie man es macht, oder meinst du, es gibt irgend etwas, das dich am Tanzen hindert?«

»Ein bißchen von beidem«, gab sie zögernd zu. »Ich habe nie viel getanzt, und außerdem trage ich Tennisschuhe. Mit Tennisschuhen kann man nicht tanzen.«

»Du könntest es, oder du könntest sie auch ausziehen. Was ist dir lieber?«

Sie musterte ihn stirnrunzelnd. »Ich will nicht tanzen, Cameron.«

»Aber ich.«

Sie sah auf ihre Uhr. Es war genau die Tageszeit, zu der all ihre Müdigkeit sie einholte, zu der die Hoffnung bestand, daß sie wie eine Tote schlafen würde, wenn sie nur schnell genug ins Bett kam. Die Tatsache, daß sich diese Hoffnung noch nie erfüllt hatte, änderte nichts an dem Umstand, daß sich ihr Körper nach Ruhe sehnte. »Ich würde gern ins Motel zurückfahren, aber ich kann mir ein Taxi nehmen, falls du noch nicht gehen willst.«

»Ich fahre dich. Laß uns nur ein paar Stücke tanzen, dann gehen wir.« Er streckte eine Hand aus. »Bitte. Du wirst feststellen, daß es relativ schmerzlos ist, mit mir zu tanzen.«

Es gibt solchen und solchen Schmerz, dachte sie unwillkürlich. Aber in seinen Augen lag eine Wärme, der sie einfach nicht widerstehen konnte. Sie beschloß, ihre Tennisschuhe anzubehalten, und rutschte aus der Nische.

Die Band spielte eine langsame, romantische Nummer, als sie auf die Tanzfläche traten. Unsicher betrachtete Melisande die eleganten Leute, die tanzten. In ihrer

Jeans, den Tennisschuhen und der zerknitterten Bluse fühlte sie sich wie ein Truthahn in einem Raum voller Pfauen. Als Cameron ihr einen Arm um die Taille legte und sie an sich zog, verkrampfte sie sich sofort.

»Ganz locker«, murmelte er.

»Ich bin locker.«

Sein leises Lachen kitzelte ihr Haar. »Entspann dich«, sagte er mit seiner tiefen, weichen Stimme. »Du brauchst überhaupt nichts zu tun, und du bist völlig sicher. Dir passiert nichts.«

Sie hätten darüber streiten können, wie ›sicher‹ sie bei ihm war, aber Melisande beschloß, es zu unterlassen. Es war leicht, sich von Cameron führen zu lassen. Sein Arm lag um ihre Taille und lenkte sanft, aber fest ihre Schritte, und sie stimmten erschreckend gut überein, wie an diesem Morgen auf dem Bett. Cameron zog sie näher an sich; ihre Brüste berührten seine Brust, ihre Hüften seine. Alles ringsum begann zu verblassen, während das Gefühl, ihn zu spüren, ihre Gedanken beherrschten, und sie vergaß ihren Entschluß, ins Motel zurückzukehren.

Hätte sie nicht das seltsame Gefühl gehabt, daß er das Verlangen, das sie in seinen Augen gesehen hatte, streng unter Kontrolle hielt, wäre sie vorsichtiger gewesen. So jedoch gönnte sie sich den Luxus, eine Weile nicht vernünftig zu sein und Cameron für diese kurze Zeitspanne zu vertrauen.

Sie schmiegte sich an ihn, schloß die Augen und überließ sich ganz dem verführerischen Rhythmus ihrer Körper, die sich miteinander bewegten. Es gab keinen nagenden Schmerz in ihrem Magen, keine Werbekampagnen in ihrem Kopf. Sie schaltete ihren Verstand aus und entdeckte Zufriedenheit. Sie schwebte mit Cameron über die Tanzfläche und ließ sich von den leisen Klängen der Musik verzaubern.

Etwas später fand sie sich an Camerons Seite wieder, umgeben von dem behaglichen Komfort des großen Wagens, der über die Straße zu gleiten schien. Sie schloß die Augen, um sich einfach ein bißchen auszuruhen, bis sie im Motel war.

5

Melisande hörte eine vages vertrautes Geräusch, und sie mußte sich mühsam durch schwere Lagen von Schlaf kämpfen, bevor ihr klar wurde, daß es der Summer an ihrer Armbanduhr war. Automatisch tastete ihre Hand nach dem Nachttisch.

Sie fühlte nichts als Bettdecken.

Anscheinend habe ich mich im Bett umgedreht, dachte sie schlaftrunken, während sie versuchte, sich zu orientieren. Das Summen der Uhr kam ganz aus der Nähe. Sie klopfte den Bereich des Bettes ab, von dem das Geräusch zu kommen schien. Aber was hatte ihre Armbanduhr im Bett verloren? Sie nahm sie jeden Abend ab und legte sie auf den Nachttisch zur Linken.

Irgend etwas streifte ihr Handgelenk, und das lästige Schrillen brach ab. Bevor sie Zeit hatte zu überlegen, was geschehen war, bewegte sich etwas neben ihr, und eine Hand strich ihr die Haare aus den Augen. »Bist du bereit aufzustehen, oder willst du weiterschlafen?«

Beim Klang von Camerons leiser, belegter Stimme riß

sie die Augen weit auf. Er saß auf der Bettkante und sah sie an. Sie mußte am Abend zuvor vergessen haben, die Uhr abzunehmen, und Cameron war es gewesen, der den Summer abgestellt hatte. Aber eine äußerst wichtige Frage blieb unbeantwortet.

»Was machst du hier?«

»Ich wohne hier.«

»In meinem Motel?«

»Nein. In meinem Haus.«

Sein Haus?! Abrupt setzte sie sich auf, und nachdem sie sich einen Schwall Locken aus dem Gesicht gestrichen hatte, sah sie sich um. Die Balkontüren standen halb offen und ließen hellen Sonnenschein über den blanken Holzboden und den dunklen Bettvorleger strömen. Über der alten Kommode hing wie eh und je der Spiegel. In der Luft hing ein leichter Duft nach Rosen, Kaffee und Cameron.

Lieber Gott, er hatte recht! Sie war in seinem Haus. Und das war noch nicht alles. Sie war in seinem Bett!

Sie wartete, bis die Schockwellen verebbten, und fragte so ruhig sie konnte: »Wieso bin ich hier?«

»Du bist gestern abend auf dem Heimweg im Auto eingeschlafen, und ich da habe ich beschlossen, dich hierherzubringen.«

»Warum?«

»Ich wußte nicht, wo dein Motelschlüssel war, und ich wollte nicht in deiner Tasche stöbern. Ich wollte George nicht aufwecken, um ihn nach einem Zweitschlüssel zu fragen, und ganz bestimmt wollte ich dich nicht wecken, nachdem du schon mal eingeschlafen warst.« Er zuckte die Achseln. »Such dir einen dieser Gründe aus.«

Seine Erklärung kam bei ihr so gut an, als würde sie noch im Tiefschlaf liegen. Sie wußte, wie sie aussehen mußte, nämlich alles andere als so frisch und wach wie Cameron vor ihr. Er trug eine saubere Bluejeans und ein blau gemustertes Hemd, das zwar in die Hose gesteckt, aber nicht zugeknöpft war. An einigen Stellen lugte dunkles Brusthaar hervor. Sie riß den Blick von seiner Brust los und heftete ihn so fest auf Camerons Gesicht, wie sie es im Moment vermochte. »Erklär mir das Ganze noch einmal, aber diesmal bitte so, daß ich es verstehe.«

»Als du im Wagen eingeschlafen warst, wollte ich dich nicht wecken, deshalb habe ich dich hergebracht.« Er lächelte. »Und es hat funktioniert. Du bist nicht aufgewacht, sondern hast die ganze Nacht durchgeschlafen.«

Sie starrte ihn benommen an. »Ich habe geschlafen . . . du hast recht! Ich habe die ganze Nacht geschlafen!« Ein seliges Lächeln breitete sich auf ihrem Gesicht aus.

Als er dieses Lächeln sah, wurde Cameron warm ums Herz. »Wie fühlst du dich?«

Das Lächeln verblaßte, als sie eine vorsichtige Bestandsaufnahme machte. »Ausgeruht. Nicht müde. Ich . . . Warte mal.« Sie sah an sich herunter und griff nach dem Zipfel ihrer grünen Seidenbluse, die aus den Jeans gerutscht war. »Ich bin noch angezogen!«

Seine Lippen zuckten. »So sehr ich es auch bedauere, ja, das bist du. Ich habe dir nur die Schuhe ausgezogen. Glaub mir, ich hätte dir gern mehr ausgezogen, aber ich dachte, das würde dir vermutlich nicht gefallen.« Er beobachtete ihr wechselndes Mienenspiel. »Hatte ich unrecht?«

»Nein, natürlich nicht.« Als sie sich ihres scharfen Tonfalls bewußt wurde, fuhr sie sich mit den Fingern durch ihre wirre Mähne und fügte hinzu: »Danke.«

»Wofür?« fragte er amüsiert. »Daß ich die Situation nicht ausgenutzt habe? Nichts zu danken. Das war reiner

Egoismus. Wenn du und ich miteinander schlafen, Melisande, möchte ich, daß du bei vollem Bewußtsein bist und genauso verrückt nach mir wie ich nach dir.«

Eine verräterische Hitze kroch durch ihren Körper. »Weißt du, Cameron«, sagte sie vorsichtig, »an dem, was du gerade gesagt hast, stimmt einiges nicht, angefangen mit dem Wort ›wenn‹. Du sagtest: ›Wenn wir miteinander schlafen‹, als ob es eine Tatsache wäre. Das ist es nicht, glaub mir. Wir werden es nicht tun, Cameron – ob wach oder schlafend oder irgendwie sonst.«

Etwas blitzte in der Tiefe seiner blauen Augen auf, aber seine Stimme klang sanft. »Fein. Wenn du es so willst.«

»Allerdings.«

»Aber mach mir nicht zum Vorwurf, daß ich etwas anderes will und daß ich versuchen werde, dich dazu zu bringen, deine Meinung zu ändern.«

Sein Duft schien sie von allen Seiten einzuhüllen, dieser sinnliche, männliche, quälende Duft, der es schaffte, eine Frau um den Verstand zu bringen. Nach einer gut durchschlafenen Nacht hätte ihre Widerstandskraft gegen ihn stärker sein sollen, aber anscheinend war das Gegenteil der Fall. Ihre Sinne waren beunruhigend geschärft und machten ihr seine Nähe noch intensiver bewußt als sonst. »Ist das Kaffee, was ich da rieche?« fragte sie, ihre Stimme kaum mehr als ein Flüstern.

Er nahm eine dampfende Tasse von einem Beistelltisch und reichte sie ihr. Sie nahm sie an, betrachtete sie aber unsicher. »Hast du sie für mich raufgebracht?«

Er schüttelte den Kopf. »Ich wußte ja nicht, wann du aufwachen würdest. Hätte ich geahnt, daß du diesen verdammten Wecker gestellt hast, hätte ich ihn abgestellt, damit du länger schlafen kannst.«

»Aber der Kaffee . . .?« Sie deutete mit ihrer freien Hand auf die Tasse.

»Ich hatte ihn ursprünglich für mich eingeschenkt und habe ihn mit raufgenommen, als ich nach dir schauen wollte. Trink ihn ruhig. Ich hatte schon ein paar Tassen.«

Sie bedurfte keiner weiteren Aufforderung. Gierig nippte sie an dem Kaffee, wobei sie sich wünschte, er wäre koffeinhaltig. Sie hatte das Gefühl, ein kräftiges Aufputschmittel zu brauchen, um ihren gesunden Menschenverstand wieder auf Touren zu bringen. »Ich muß wirklich tief und fest geschlafen haben. Ich kann mich noch erinnern, daß wir getanzt haben und daß wir in deinem Wagen waren, und das ist es schon.« Ihre Augen weiteten sich. »Es ist direkt beängstigend. So etwas ist mir noch nie passiert. Ich weiß immer genau, wo ich bin und was ich tue.«

Seine Finger spielten mit einer ihrer goldblonden Locken. »Daran ist nichts Beängstigendes«, entgegnete er beruhigend. »Du hast offenbar dringend Schlaf gebraucht, und du hast ihn endlich gefunden.«

»Ja . . .« Irgend etwas nagte an ihrem Unterbewußtsein, etwas Wichtiges. »Du hattest schon ein paar Tassen Kaffee, hast du gesagt?«

»Ich bin schon eine Weile auf.«

»Stehst du immer so früh auf?«

Er verschränkte die Arme vor der Brust. »Normalerweise nicht, aber letzte Nacht habe ich nicht besonders gut geschlafen.«

Irgend etwas war ganz und gar nicht in Ordnung. Verstohlen musterte Melisande das Bett. Die gehäkelte Überdecke lag sorgfältig zusammengefaltet am Fußende, aber alle Decken und Kissen waren durcheinander und zerdrückt, als hätte sich jemand wild darin gewälzt.

Eigenartig. So tief, wie sie geschlafen hatte, konnte sie sich doch kaum gerührt haben. »Cameron«, sagte sie, wobei sie sich bemühte, langsam und deutlich zu sprechen, »wo hast du letzte Nacht geschlafen?«

Sein Blick verharrte auf ihrem Gesicht. »Wo ich jede Nacht schlafe. In meinem Bett.«

»In deinem . . .« Ihre Finger zuckten. Kaffee schwappte über den Tassenrand und lief über ihren Handrücken. Sie stellte die Tasse auf den Nachttisch und befahl sich, so gelassen wie möglich zu bleiben. Es nutzte nichts. »Du meinst, du und ich haben in einem Bett geschlafen?«

»Ja. Und so schwer es auch war« – er streckte eine Hand aus und legte sie an ihre Wange – »mehr haben wir nicht getan. Nur geschlafen.«

»Aber warum in Gottes Namen hast du nicht woanders geschlafen?« Sie hatte Mühe, nicht ins Stottern zu kommen.

Er zog seine Hand zurück. »Warum sollte ich? Das hier ist das Bett, in dem ich schlafe. Das habe ich dir von Anfang an gesagt.«

»Und warum hast du mich nicht in ein anderes Bett gesteckt?«

»Vor allem deshalb, weil das das Bett ist, in dem du seit deiner Ankunft schlafen wolltest.«

»Nein, Cameron. Ich habe versucht, das Bett zu kaufen, nicht, darin zu schlafen.«

»Das läuft aufs selbe hinaus.«

Sie schwang die Beine aus dem Bett, da sie das dringende Bedürfnis hatte, festen Boden unter den Füßen zu spüren. Aber auch das gab ihr nicht jenes Gefühl von Sicherheit, das sie jetzt brauchte. Sie stand auf, ging auf die Balkontür zu, kehrte aber um, um sich vor Cameron aufzubauen. »Weißt du, aus deinem Mund klingt es so, als hättest du die einzig mögliche, logische Entscheidung getroffen, aber so ist es nicht. Wir hätten nicht in einer Million Jahren in einem Bett schlafen dürfen.«

»Warum nicht? Es ist nichts passiert.«

»Cameron, wir sind keine Kinder auf einer Pyjamaparty. Wir sind Erwachsene, ein Mann und eine Frau, die . . . die . . .«

»Die sich stark zueinander hingezogen fühlen«, beendete er den Satz. Seine Stimme war leise und ein wenig rauh. »Ja, Melisande, ich weiß. Glaub mir, mir ist durchaus bewußt, welche Anziehungskraft du auf mich ausübst. Wobei Anziehungskraft ein zu schwaches Wort für das ist, was ich für dich empfinde. Feuer und Flamme für dich – das wäre zutreffender.«

»Sag bitte nicht so etwas.«

Langsam stand auch er auf. »Warum nicht? Wie du gesagt hast, wir sind beide erwachsen, und ich versuche, völlig offen zu dir zu sein. Ich will dich, und ich glaube, du willst mich auch. Und dieses Wissen, Melisande, hat es mir heute nacht so verdammt schwergemacht, ein bißchen Schlaf zu finden. Ich habe mich danach gesehnt, meine Arme um dich zu legen und dich an mich zu ziehen, aber eins wußte ich: Wenn ich diesem Drang nachgegeben hätte, hätte ich nicht mehr aufhören können. Und du hättest keinen Schlaf bekommen.«

Von Cameron geliebt zu werden wäre es wert, auf Nachtruhe und weit mehr zu verzichten. Der Gedanken kam wie von selbst und erschütterte sie bis in die Zehenspitzen. »Zwischen uns kann nichts passieren.«

»Es wird dich viel Mühe kosten, mich von dieser

Behauptung zu überzeugen, da mir nicht ein einziger Grund einfällt, warum nicht.«

»Weil . . .«

»Weil? Versuch's noch mal, Melisande.«

Im Morgenlicht wirkten seine Augen noch blauer, und wieder einmal hatte sie den Eindruck, daß er direkt durch sie hindurchsehen konnte. Sie wandte sich ab. »Ich habe dir bereits gesagt, daß ich nicht bleiben kann. Mein Leben findet zu Hause in Dallas statt.«

Er umkreiste sie, bis er vor ihr stand. »Das würde dich nicht hindern, im Urlaub und an den Feiertagen herzukommen.«

Sie schüttelte den Kopf. »Für mich gibt es weder Urlaube noch Feiertage.«

»Das ist ein Fehler, Melisande. Ein großer Fehler.«

»Die Art, wie ich mein Leben gestalte, geht dich nichts an.«

Er legte ihr die Hände auf die Schultern und strich mit den Daumen über ihren Hals. »Weißt du, du bist heute morgen sehr verführerisch mit deiner ungebändigten Mähne. Aber verführerisch bist du ja eigentlich immer.«

Erregung stieg in ihr auf, und ihr wurde heiß. Sie konnte sich nicht erinnern, je verführerisch genannt worden zu sein. Es gab ihr das Gefühl, sehr weiblich zu sein . . . und das, gefährlich nahe daran zu sein, ihre Zurückhaltung aufzugeben. »Ich muß . . . ich . . . nun . . .« Sie befeuchtete ihre trockenen Lippen mit der Zunge, während sie versuchte, ihre Gedanken zu sammeln.

Sie sah so zart aus, so verletzlich, so begehrenswert. Wie konnte eine Frau in ihm den Wunsch wecken, sie zum Bett zu tragen und wild und hemmungslos zu lieben, und gleichzeitig das Bedürfnis, Himmel und Erde in Bewegung zu setzen, um sie zu beschützen, notfalls sogar vor ihm selbst? Für einen Moment sah er auch in ihren Augen Begehren aufblitzen, und obwohl er wußte, daß er für seine Ritterlichkeit einen hohen Preis zahlen würde, tat er, als habe er nichts bemerkt. »Ich wollte gerade Frühstück machen. Warum machst du dich nicht ein bißchen frisch? Meinetwegen kannst du auch ein Bad nehmen. Ich hoffe, im Badezimmer ist alles, was du brauchst. Bis du fertig bist, sollte das Frühstück auf dem Tisch stehen. Wir können uns wieder draußen auf die Terrasse setzen. Es ist ein herrlicher Tag.« Da er nicht imstande war, sich auch nur eine Minute länger zu trauen, verließ er schnell das Zimmer.

Melisande atmete langsam aus, während sie zu analysieren versuchte, was mit ihr vorging. Nachdem sie eine ganze Nacht durchgeschlafen hatte, fühlte sie sich besser als seit langem, aber trotzdem war da auch ein Gefühl der Unruhe.

Wenn nun doch etwas zwischen ihnen passierte? frage sie sich. Wenn . . .

Die Antwort war einfach. Wenn sie gerade eine Nacht in Camerons Armen verbracht hätte, würde sie bis in den hintersten Winkel ihres Herzens Zufriedenheit spüren. Und es wäre eine Nacht gewesen, an die sie sich für den Rest ihres Lebens erinnert hätte.

Sie blieb regungslos stehen, während sie die Antwort überdachte, die sie sich gerade gegeben hatte. Aber sie hatte nicht den Mut, darüber zu entscheiden, ob das eine Erinnerung war, die sie für später einmal haben wollte. Sie eilte in den angrenzenden Raum.

Das Badezimmer war groß und hatte noch seine ursprüngliche Einrichtung. Ein großes Fenster mit blau-weißem, bleigefaßtem Glasmuster ließ weich gefiltertes

Licht in den Raum. Die Badewanne war immer noch das riesige, freistehende Ungetüm auf vier Füßen, das Melisande von ihrem lang zurückliegenden Besuch kannte, aber inzwischen war ein Vorhang vor der Wanne und dem Duschkopf angebracht worden.

Sie wandte ihre Aufmerksamkeit den Glasregalen über dem Waschbecken zu, auf denen Camerons Toilettenutensilien standen. Während sie mit den Fingern über die Kanten eines Glasbodens fuhr, studierte sie sorgfältig die Dinge, die er benutzte. Es wäre nett gewesen zu entdecken, welche Marke Eau de Cologne er benutzte, dachte sie, aber sie konnte keine einzige Flasche finden. Es unterstützte ihre Theorie, daß sein Duft einzigartig war.

Melisande benutzte sein Shampoo und seine Seife, als sie duschte, aber obwohl beides unparfümiert war, konnte sie weder Camerons Duft aus ihrer Nase noch sein Bild aus ihrem Kopf vertreiben. An diesem Morgen brauchte sie nicht erst den prickelnden Strahl der Dusche, um hellwach zu werden.

Sie mußte unbedingt aus Lacy, Alabama, verschwinden! Irgend etwas war mit ihr passiert, seit sie hier war, etwas, das sie sich nicht erklären konnte. Sie vergeudete Zeit. Aber sie wurde das Gefühl nicht los, daß sie, wenn sie auch nur ein wenig von ihrer Disziplin, was Zeitpläne anging, verlor, etwas für sie Lebenswichtiges verlieren könnte.

Nachdem sie sich abgetrocknet hatte, zog Melisande wieder ihre Jeans und ihre mittlerweile stark zerknüllte grüne Seidenbluse an. Dann fuhr sie flüchtig mit den Fingern durch ihr nasses Haar und flehte im stillen darum, daß es nicht trocknen möge, bevor sie wieder im Motel war und es mit Gel bändigen konnte.

Die Dielenbretter knarrten unter ihren Füßen, als sie den breiten Flur hinunterging. Als Kind hatte sie das Haus bis in den letzten Winkel erforscht. Drinnen wie draußen war Tante Sarahs Heim ein Wunderland an Einfallsreichtum und Phantasie gewesen. Es hatte ihr Frieden geschenkt, als sie ihn dringend gebraucht hatte, und die Möglichkeit, für eine kurze, aber wichtige Zeitspanne ein sorgloses, unbeschwertes Kind zu sein. Und nun würde sie das Haus bald wieder verlassen. Aber nicht sofort, entschied sie, nicht ohne es ein letztes Mal zu erforschen.

Kurz darauf, als sie von Raum zu Raum wanderte, fiel ihr auf, daß es zu einigen erstaunlichen Veränderungen gekommen war. An allen Räumen waren aufwendige Arbeiten vorgenommen worden, und bis auf das große Schlafzimmer, in dem sie die Nacht verbracht hatte, waren aus allen Zimmern die Möbel entfernt worden.

Es gab kein anderes Bett, in dem Cameron hätte schlafen können.

Das letzte Zimmer, das sie betrat, befand sich an der Rückseite des Hauses und bot Ausblick auf den Garten und den Fluß. Es wäre ein wunderschönes Kinderzimmer, dachte sie geistesabwesend. Auch ohne Möbel und mit kahlen Wänden wirkte der Raum friedlich und heiter. Als Mutter könnte sie mit ihrem Baby auf dem Schoß auf einem Schaukelstuhl vor den Fenstern sitzen oder auf einer Decke am Boden liegen und mit ihrem Kind spielen . . .

»Ich habe vor, überall einige Dinge so zu verändern, daß einem das Leben hier noch besser gefällt«, sagte Cameron leise.

Unerklärlicherweise schuldbewußt, bei einem so unrealistischen Tagtraum ertappt worden zu sein, fuhr

Melisande herum und sah Cameron in der Tür stehen. Er hatte sein Hemd zugeknöpft, stellte sie mit einem Gefühl fest, das bedrohlich zwischen Erleichterung und Enttäuschung hin und her schwankte. »Zum Beispiel?«

Er hatte bewußt ein neutrales Thema gewählt. Er hoffte, es würde nach ihrer hitzigen Konfrontation von vorhin beruhigend auf sie wirken. Das Problem war, daß er nicht ruhiger wurde. Mit ihr reden, war das letzte, was er wollte.

Er streckte die Hände in die Hosentaschen und schlenderte in das Zimmer. »Ich lasse in allen Schlafzimmern Wandschränke und zusätzliche Badezimmer einbauen. Es war etwas knifflig, die gegebenen Räumlichkeiten meinen Vorstellungen anzupassen, ohne den Gesamteindruck zu zerstören. Zum Glück sind die Räume groß genug, um meine Pläne zu verwirklichen, ohne zu viele der Details zu verlieren, die mir an dem Haus so gut gefallen.«

Vielleicht war er Architekt. Wider Willen wurde sie immer neugieriger, zu erfahren, welchen Beruf er ausübte. »Hast du etwas in der Art schon einmal gemacht?«

»Nein, aber es macht Spaß, etwas dazuzulernen. Hast du schon alle Zimmer hier oben besichtigt?« Als sie nickte, fragte er: »Was hältst du davon?«

»Es sieht so aus, als hättest du bis jetzt gute Arbeit geleistet. Hätte ich es nicht besser gewußt, wäre mir vielleicht gar nicht aufgefallen, daß diese Badezimmer und Einbauschränke erst vor kurzem eingebaut wurden. Alles sieht so aus, als würde es hierher gehören.«

»Danke.« Er schwieg eine Weile. »Ich bin froh, daß es dir gefällt, vor allem, weil du schöne Erinnerungen an das Haus hast. Es bedeutet mir sehr viel, daß es für dich noch in Ordnung ist.«

Sein sanfter Ton reizte ihre Nerven; das alles ging viel zu weit. »Meine Zustimmung brauchst du ganz bestimmt nicht«, fuhr sie ihn an. »Du hast das schließlich nicht für mich getan.«

Sein Blick wurde schärfer. »Das habe ich nicht behauptet. Ich habe nur gesagt, daß es mich freut.«

Sie war bemüht, so zu tun, als wäre das, was er gesagt hatte, für sie bedeutungslos. »Wo sind übrigens die Möbel?«

»Vorübergehend in einem Lager. Ich wollte nicht riskieren, daß sie im Zuge der Renovierungsarbeiten beschädigt werden. Irgendwann werde ich auch das Schlafzimmer renovieren, das ich zur Zeit benutze, aber ein paar Räume mußte ich mir freihalten, um darin zu wohnen.«

Sie beschloß, ihr gespieltes Desinteresse aufzugeben; es führte ohnehin zu nichts. »Weißt du, sogar ohne die Möbel kann man sich leicht vorstellen, was wohin passen würde und wie Wände und Fenster dekoriert werden sollten. Jeder, der hierherkommt, um aus welchem Grund auch immer zu bleiben, würde sich sehr wohl fühlen und noch dazu eine herrliche Zeit verbringen.«

»Du auch?«

Ihre Finger tasteten unwillkürlich nach ihrer Uhr, aber sie sah nicht hin. »Sicher. Wenn ich die Zeit hätte. Leider habe ich sie nicht.«

»Du wiederholst dich, Melisande.«

»Vielleicht denke ich, daß du mir endlich glauben wirst, wenn ich es oft genug sage.«

»Dann brauchst du es nicht mehr zu sagen. Ich glaube dir.«

Sie wandte sich ab, verletzt und enttäuscht, ohne zu wissen, warum. Um sich abzulenken, zwang sie sich, sich auf ihre Umgebung zu konzentrieren und sich vorzustellen, wie alles aussehen würde, wenn er mit der Renovierung fertig war. »Was machst du sonst noch im Haus?«

»Unten mußten wir einige Wände aufstemmen und die Installationen erneuern. Außerdem habe ich jede Menge Wandverkleidungen entfernt, um an die ursprüngliche Wand heranzukommen, und in einigen Räumen haben wir offene Kamine freigelegt, die von Tapeten oder Holzverkleidungen verdeckt waren.«

Ihre Augen weiteten sich. »Warum hat Tante Sarah so etwas gemacht? Die Kamine zu verkleiden, meine ich?«

Er zuckte die Achseln. »Stilrichtungen ändern sich, und Frauen dekorieren gern um. Im Lauf der Zeit hat sie sicherlich mehrere Stilrichtungen durchgemacht. Ich habe unter acht bis zehn Schichten Farbe das schönste Holz entdeckt.« Er trat ans Fenster und sah hinaus. »Bis alles fertig ist, wird es wohl eine ganze Weile dauern. Ich lasse mir Zeit, um sicherzugehen, daß alles richtig gemacht wird.«

Als zöge er sie magisch an, folgte sie ihm ans Fenster. »Es würde sich fast lohnen, noch einmal herzukommen, um zu sehen, wie das Haus aussieht, wenn du mit allem fertig bist. Ich wette, es wird wunderschön werden.«

»Das garantiere ich.«

Vielleicht würde sie eines Tages durch Lacy fahren, dachte sie, und kurz vorbeischauen, um zu sehen, was er aus dem Haus gemacht hatte. Aber sie würde nicht aussteigen und zur Tür gehen. Sie würde nicht klingeln, und darauf zu warten, welche Frau ihr öffnen würde, welche Frau er gewählt hatte. »Welche Pläne hast du für den Garten? Die Rosen da unten werden bald im Unkraut ersticken, wenn du nicht etwas unternimmst.«

»Ich habe bereits einen Landschaftsgärtner angestellt. Er wird in ein paar Tagen mit seiner Crew kommen.«

Sie nickte. »Demnach willst du den ganzen Garten verändern?«

Er hob die Schultern und ließ sie wieder sinken. »Drastische Veränderungen schweben mir nicht vor. Mal sehen, was er empfiehlt.«

Er betrachtete sie, wie sie auf den Garten hinunterstarrte und dabei nachdenklich auf ihrer Unterlippe kaute.

»Gibt es etwas Besonderes, das dir gefallen würde?« fragte er.

Sie hatte keinen blassen Schimmer von Gartengestaltung, aber erstaunlicherweise hatte sie tatsächlich ein paar Ideen, die sich auf das Herzstück von Tante Sarahs Garten bezogen, eine Vorstellung von Farben und Mustern, die genau das Richtige wären. »Nein, ich war nur neugierig.« Zum erstenmal, seit sie aufgewacht war, sah sie auf die Uhr und stellte zu ihrer Überraschung fest, daß es schon halb neun war. »Ist das Frühstück fertig? Ich muß noch einiges erledigen, bevor ich abfahre, und wir beide haben noch eine Abmachung zu treffen.«

Er wippte auf den Fersen. »Stimmt. Du fährst heute. In diesem Fall sollten wir lieber nach unten gehen. Das Frühstück steht auf dem Tisch und wartet auf uns. Ich bin eigentlich raufgekommen, um es dir zu sagen. Hoffentlich hast du Hunger.«

»Hab' ich«, sagte sie, während sie vor ihm das Zimmer verließ und die Treppe hinunterging. »Weißt du, es ist komisch, aber seit ich hier bin, esse ich viel öfter und viel mehr als sonst.«

»Dann mußt du in Dallas hungern, weil du hier auch kaum gegessen hast, zumindest nicht in meiner Gegenwart.«

»Ich hungere nicht. Ich esse immer schnell etwas zwischendurch.«

»Das heißt, du ißt zu schnell und zu wenig.«

»Meine Güte, Cameron, du klingst wie mein Arzt.«

Er hielt sie abrupt fest. »Dein Arzt? Warst du krank?«

Die Sorge in seinen Augen überraschte sie. »Nein. Es ist nur diese Schlaflosigkeit, und ab und zu habe ich Magenschmerzen. Nichts Schlimmes.« Ohne seine unverhohlen skeptische Miene zu beachten, durchquerte sie die Eingangshalle und trat auf die Veranda.

Die Luft war frisch und warm, und die Rosen sahen fast unwirklich aus. Das Sonnenlicht zauberte Schattierungen von Grau bis Grün auf das Spanische Moos, und die duftende Morgenbrise wehte es sanft hin und her.

Melisande holte tief Luft. »Was für ein herrlicher Morgen! Wenn man von all dem hier ein Bild machen und es in einem Reiseprospekt veröffentlichen würde, würden die Touristen zu Tausenden herbeiströmen.«

Cameron, der ihr nach draußen gefolgt war, lachte leise. »Lacy wäre mit Tausenden Touristen hoffnungslos überfordert. Und von der Schönheit würde dann auch nicht mehr viel übrig sein.«

Während sie auf den gedeckten Tisch zuging, dachte Melisande über das, was er gesagt hatte, nach. »Wahrscheinlich hast du recht. Lacy wäre nicht Lacy, wenn es von Menschenmassen überlaufen wäre.«

Erst jetzt fiel ihr auf, wie hübsch der Tisch aussah. In der Mitte stand eine Schale mit Rosen, außerdem gab es eine Kristallkaraffe mit Orangensaft, eine kleine Schüssel mit Pflaumenkonfitüre und eine andere mit einem Stück goldgelber Butter. Und auf jedem Gedeck stand eine Schale mit frischen Erdbeeren, und ein blaßblaue gefaltete Stoffserviette lag daneben. »Wann hast du all das gemacht? Der Tisch ist wunderschön gedeckt.«

»Danke für das Kompliment. Ich habe dir doch gesagt, daß ich schon eine Weile auf den Beinen bin.«

»Das hier« – sie deutete auf den Tisch – »wäre ein perfektes Motiv für eine Orangensaftreklame.«

»Wie bitte?« Er half ihr in einen Stuhl, bevor er sich selbst setzte.

Sie lachte. »Tut mir leid. Ich neige dazu, mich bei allem, was ich sehe, zu fragen, wofür und wie man es in der Werbung einsetzen könnte.«

Er konnte sich nicht erinnern, sie schon lachen gehört zu haben. Es war ein fröhliches, ansteckendes Lachen, das in ihm den Wunsch erweckte, sie in die Arme zu nehmen und so lange zu küssen, bis ihm die Luft ausging. Er ballte die Hände zu Fäusten und entspannte sie wieder. Alles zu seiner Zeit, sagte er sich. Alles zu seiner Zeit. »Na schön, jetzt vergiß für eine Weile deinen Job und iß.« Er reichte ihr einen Korb mit warmen Brötchen. »Bedien dich.«

Sie beäugte sie argwöhnisch. »Welche potentielle Braut hat sie gebacken?«

»*Ich* habe sie gebacken.«

»Du?«

Seine Mundwinkel zuckten. »Keine große Sache. Ein Fertigteig aus der Dose.«

Lächelnd nahm sie zwei Brötchen. »Ich wette, sie sind köstlich.« Und das waren sie, genauso wie der Rest des Frühstücks. Sie und Cameron redeten nicht viel, während sie aßen, und wenn einer eine Bemerkung machte, dann nur über das Wetter oder ähnliches. Im stillen erweckte die Häuslichkeit der Szene in Melisande den Wunsch, die Flucht zu ergreifen, und gleichzeitig, für immer und ewig zu bleiben.

Es war wundervoll, zu wundervoll. Normalerweise konnte sie nichts genießen, was eine gewisse Gemächlichkeit erforderte, aber jetzt ertappte sie sich unerklärlicherweise dabei, sich mit dem Essen Zeit zu lassen.

Sie legte ihre Gabel nieder und betastete unruhig ihre Armbanduhr. Noch vor ein paar Tagen hätte sie die Vorstellung, an einem milden, friedlichen Morgen in einer romantischen Umgebung mit einem faszinierenden Mann in aller Ruhe zu frühstücken überhaupt nicht gelockt, aber jetzt saß sie hier, und sie genoß jede Stunde.

Und wenn jetzt jemand ein Foto von ihnen machte, könnte es in Frauenzeitschriften im ganzen Land erscheinen, mit dem Bildtext:

Häusliches Glück – auch Sie können es haben! Nur daß sie dank der Tatsache, daß sie in der Werbebranche tätig war, besser als die meisten anderen wußte, daß der äußere Anschein täuschen konnte. So war es zum Beispiel damit, daß sie gerade die Nacht in Camerons Bett verbracht hatte, eine Nacht jedoch, in der absolut nichts passiert war. Der Gedanke daran, was alles hätte passieren können, ließ sie nicht mehr los, und infolgedessen begannen ihre Nerven zu kribbeln.

Sie schob ihren Teller beiseite, stützte die Ellbogen auf den Tisch und richtete einen strengen Blick auf Cameron.

»Okay, es ist soweit. Du mußt jetzt eine Entscheidung treffen. Gestern abend im Restaurant hast du gesagt, daß ich vielleicht recht hätte. Daß ich das Bett wirklich brauchen würde. Und wenn daran noch Zweifel bestanden haben, sind sie letzte Nacht ausgeräumt worden.

Das war die erste Nacht, die ich seit einem Jahr durchgeschlafen habe. Falls ich irgendwelche Zweifel hatte, jetzt hat sich meine Theorie bezüglich Tante Sarahs Bett – entschuldige, deines Bettes – bestätigt. Ich kann in keinem anderen Bett schlafen.«

»Woher weißt du das?«

»Ich weiß es, weil ich wahrscheinlich jede Art Matratze, die es gibt, ausprobiert habe. Und du würdest nicht glauben, wie viele Arten auf dem Markt sind oder was für schwachsinnige Namen sie haben, angefangen mit Komforta bis zu Extra-Komforta, Ultra-Luxus-Komforta und so weiter und so fort. Aber Namen sind Schall und Rauch. Man muß jede Matratze ausprobieren.«

»Und das hast du?«

»Ich habe sie nicht nur im Geschäft ausprobiert, sondern mindestens ein Dutzend gekauft. Und ganz gleich, wie teuer die Matratze war oder wie gut ihre Testnoten ausfielen, jedesmal fühlte sie sich unter mir wie ein Felsbrocken an. Selbst in guten Nächten war ich nicht in der Lage, mehr als zwei Stunden auf einer davon zu schlafen. Elf von ihnen gingen nach einer Nacht ins Geschäft zurück. Der einzige Grund, warum ich Nummer zwölf noch habe, ist, daß ich aufgegeben habe, nach etwas Besserem zu suchen.«

»Bis dir das Bett von Tante Sarah einfiel.«

»Richtig. Es ist unvergleichlich – und unnachahmlich. Glaub mir, ich würde versuchen, mein Problem auf andere Weise zu lösen, als dir das Bett abzuschwatzen, wenn es möglich wäre. Aber« – sie schüttelte den Kopf – »das Bett und die Matratze könnte heutzutage kein Hersteller mehr so hinbekommen. Und selbst wenn, die Tatsache, daß das Bett schon so lange benutzt worden ist, läßt es ein ganz besonderes Gefühl von Behaglichkeit vermitteln. Kurz, was du besitzt, ist einmalig.« Sie lehnte sich zurück und sah ihn an. »So. Und wenn du es nicht schon vorher gewußt hast, weißt du spätestens jetzt, daß du ein extrem kostbares Stück zu verkaufen hast. Zumindest für einen interessierten Käufer. Nenn mir also bitte deinen Preis.«

Allein sie anzuschauen rettete ihm den Tag. Unter ihren Augen lagen immer noch Schatten, aber sie waren beträchtlich verblaßt. Es war gut, daß er sie die Nacht über hatte schlafen lassen – die Nacht, in der er sich in sie verliebt hatte. Endgültig. Für ihn gab es keinen Ausweg. Kein Entrinnen. Im nachhinein war ihm klar, daß sie sich ebenso mühelos zu seinem Herzen Zugang verschafft hatte wie zu seinem Haus. Aber wie es auch passiert war, er hatte nicht die Absicht, sie jetzt einfach gehen zu lassen.

Er schaffte es, eine sorgenvolle Miene zustande zu bringen. »Tut mir leid, Melisande, ganz ehrlich. Aber ich habe dasselbe Problem wie gestern. Ich muß den Wert des Bettes für den Wert des Hauses in Betracht ziehen. Und bevor ich mir über diesen Wert im klaren bin, muß ich entschieden haben, was ich mit dem Haus anfangen werde.« Er atmete schwer aus. »Ich habe eine Menge Entscheidungen zu treffen.«

Am vergangenen Tag hatte sie sich in Geduld gefaßt. Heute hätte sie Cameron am liebsten irgend etwas an den Kopf geworfen. Sie erstickte die Regung, indem sie die Hände fest ineinanderschlang. »Und wie lange wird es ungefähr dauern, bis du all diese Entscheidungen getroffen hast?«

»Ich bin mir nicht sicher. Wie gesagt, es geht um viele Entscheidungen.«

Melisande öffnete den Mund, um eine bissige Bemerkung zu machen, aber Cameron kam ihr zuvor, indem er eine Hand hob.

»Keine Angst. Bei einigen dieser Entscheidungen werde ich Hilfe bekommen.«

Sie runzelte die Stirn. »Hilfe?« Welcher Art Hilfe?«

»Ich habe vor, einen Innenarchitekt zu engagieren, der mir bei der Gestaltung der Wände und Fenster helfen kann. Oder sagt man heutzutage Designer?«

Ihr schien es, als wären sie weit vom Thema abgekommen, aber zufällig hatte Melisande zum Thema Innenarchitekten etwas Wichtiges zu sagen. »Wie sie sich auch nennen mögen, ich halte es für eine ganz schlechte Idee, einen zu engagieren.«

»Warum?«

»Weil du letzten Endes mit einem Haus dasitzen wirst, dem man das Eingreifen eines Innenarchitekten ansieht. Du würdest in einem Gebäude leben, in dem man sich wie in einem Hotel oder Museum fühlt, nicht wie in einem Zuhause. Ich weiß es, weil ich in genau so einem Haus lebe, aber bei mir ist es nicht so wichtig, weil ich kaum daheim bin. Ich hätte mich auch nie um einen Innenarchitekten bemüht, wenn nicht die Lady, die meine Kleidung aufeinander abstimmt, der Ansicht gewesen wäre, mein Haus müßte auch neu gestaltet werden.«

»Jemand stellt deine Garderobe für dich zusammen?«

»Du glaubst doch nicht, daß ich immer so herumlaufe wie jetzt, oder?«

»Was ist falsch daran? Ich finde, du siehst toll aus.«

Es würde eine Frau nur sehr wenig Mühe kosten, einen Mann wie ihn lieben zu lernen. Wenn sie es zuließ. »Der Punkt ist doch, daß du Gefahr läufst, jemand zu bekommen, der nicht versteht, wie wundervoll dieses

Haus ist, wie einzigartig. Und außerdem würde dich ein Innenarchitekt ein Vermögen kosten.«

»Ich schätze, in dem Licht habe ich die Sache noch nicht gesehen.«

»Dann denk darüber nach. Du wirst viel besser fahren, wenn du dich selbst darum kümmerst.«

Er schüttelte den Kopf, während er sich tapfer bemühte, eine ratlose Miene zu machen. »Wer weiß, was dabei herauskommt. Bestimmt würde es entsetzlich werden.«

»Blödsinn«, sagte sie, während sie sich fragte, wie es möglich war, daß sie sich so weit vom Thema Bett entfernt hatten. »Ich denke, es ist ziemlich leicht, Tapeten, Stoffe und Farben auszuwählen. Du mußt nur den Charakter des Hauses berücksichtigen und auf deinen eigenen Geschmack abstimmen.«

Es gelang ihm nur ein paar Sekunden, verzweifelt zu wirken, dann lächelte er wieder zuversichtlich. »Ich sag' dir was, Melisande. Ich werde dir ein Geschäft vorschlagen.«

»Ein Geschäft?« Plötzlich hatte sie den Verdacht, hereingelegt worden zu sein.

»Bleib eine Woche hier und . . .«

»Eine Woche! Hast du den Verstand verloren? Das ist absolut unmöglich!«

»Du hast dir meinen Vorschlag noch nicht angehört.«

»Ich habe den ersten Teil gehört, und das reicht.«

»Der zweite Teil betrifft das Bett.«

Verdammt! »Das Bett?«

»Das Bett.«

Sie seufzte. »Okay. Laß den Rest hören.«

»Wie gesagt, bleib eine Woche hier. Hilf mir bei den

Entscheidungen, Haus und Garten betreffend, geh mit mir auf den Wohltätigkeitsball . . .«

Abrupt stand sie auf. »Ball?! Warum sollte ich auf einen Ball gehen? Kommt nicht in Frage! Das ist einfach nicht drin. Such dir dafür eine andere.« Sie hatte vergangene Nacht ganz kurz mit ihm getanzt und war in seinem Bett gelandet. Wer wußte, wohin es führte, wenn sie eine ganze Ballnacht miteinander verbrachten.

Er sah sie an, die Augenbrauen hochgezogen. »Da du mich ständig unterbrichst, willst du den letzten Teil der Abmachung anscheinend nicht hören – den Teil, der das Bett betrifft.«

Sie sank auf ihren Stuhl zurück. »Hat dir schon mal jemand gesagt, daß du völlig skrupellos bist?«

»Schon oft. Hörst du jetzt zu?« Auf ihr widerwilliges Nicken hin fuhr er fort: »Begleite mich auf den Ball, und ich verspreche dir, am Wochenende zu entscheiden, was ich mit dem Haus mache und ob ich dir das Bett verkaufen will oder nicht.«

»Was für eine Art Handel soll das sein?« fragte sie erzürnt. »Du bekommst alles, und ich bekomme womöglich nichts.« Das entsprach nicht ganz der Wahrheit. Sie würde eine ganze Woche mit ihm bekommen. Eine Ahnung sagte ihr, daß es sich als die denkwürdigste Woche ihres Lebens erweisen könnte; ihr Herz sagte ihr, daß sie diese Woche nicht verkraften würde.

»Was du bekommst, Melisande, ist die Chance, daß ich dir das Bett verkaufe. Wenn du heute fährst, hast du diese Chance nicht.«

Sie würde ihm etwas an den Kopf werfen, keine Frage; was noch unklar blieb, war nur, was. Ihr Blick wanderte über den Tisch und blieb an der Schale mit Pflaumenkonfitüre hängen. Sie zog sie näher zu sich und strich mit den Fingerspitzen über den Rand. Seltsamerweise wirkte es beruhigend auf sie, das kühle, glatte Steingut unter ihren Fingern zu spüren.

»Ich habe ein paar Fragen.«

Er machte eine ermunternde Handbewegung. »Schieß los.«

»Warum hast du den Ball in den Handel eingeschlossen?«

»Es wird mir meine Schwester vom Hals schaffen. Wenn du nicht mit zum Ball gehst, wird sie mir solange zusetzen, bis ich zustimme, eine ihrer Freundinnen auszuführen.«

Ein guter Grund, dachte sie, während kurz das Bild von Elizabeth vor ihrem geistigen Auge auftauchte. Es wäre natürlich ganz nett gewesen, wenn er gesagt hätte, es wäre ihm einfach ein Vergnügen, in ihrer Begleitung den Ball zu besuchen, aber zu wissen, daß er sie nur gefragt hatte, um einer anderen Verabredung auszuweichen, war bei weitem besser. Das Wissen würde ihr helfen, ihre Abmachung rein geschäftlich zu betrachten. Falls sie zustimmte.

»Warum bittest du deine Schwester nicht, dir bei dem Haus zu helfen?«

»Ich will Phyllis keinen Vorwand liefern, dem, was ihr am Herzen liegen sollte – ich meine ihre Ehe –, noch weniger Zeit zu widmen.«

Ein weiterer guter Grund. »Warum fragst du nicht eine ihrer Freundinnen? Ich bin überzeugt, sie haben alle einen hervorragenden Geschmack. Na ja, Elizabeth vielleicht nicht, aber die anderen . . .«

»Ich fürchte, meine Absichten würden mißverstanden werden – vermutlich würde diejenige, die ich darum bitte, annehmen, daß sie eines Tages Herrin des Hauses sein wird, das sie einrichtet. Du würdest das nie denken, das weiß ich. Richtig? Und du hast mir bereits deutlich klargemacht, daß es mit uns beiden nicht funktionieren würde. Mißverständnisse sind also ausgeschlossen.«

Ihre Hand krampfte sich um die Schale mit Konfitüre. »Du verlangst Unmögliches von mir.«

»Dann glaubst du, es könnte doch mit uns funktionieren?«

Ihre Hand rutschte von der Schüssel ab, die über den Tisch schlitterte.

Cameron fing die Schüssel auf, bevor sie in seinem Schoß landete, und stellte sie gelassen auf den Tisch zurück. »Betrachte es als geschäftliche Abmachung, Melisande. Statt eines Honorars wirst du bei Abschluß das Bett bekommen.«

»Werde ich das, Cameron?«

Er breitete beide Hände aus. »Wie bei jedem Geschäft gibt es ein gewisses Risiko. Aber manchmal lohnt sich ein Risiko.«

Sie sprang auf und marschierte zum Geländer der Veranda. Was in ihren Augen ganz einfach ausgesehen hatte – eine Zwei-Tage-Reise, um ein Bett zu holen –, entpuppte sich als unerwartet komplizierte Angelegenheit. Sie lehnte sich mit dem Rücken an das Geländer. »Hör zu, das Bett ist mir sehr wichtig, aber . . .« Warum zögerte sie? Sie konnte keinen Tag länger bleiben, geschweige denn eine Woche. Und genau das mußte sie ihm sagen.

Er stand auf, ging zu ihr und nahm ihre Hand. »Ich weiß, du würdest es für das Bett tun, aber mir würdest du auch einen großen Gefallen tun.«

Sie verlor sich wieder in den Tiefen seiner blauen

Augen und vergaß, was sie ihm sagen mußte. »Du bringst mich ganz durcheinander, Cameron. Wirklich.«

Er hob ihre Hand an seinen Mund. Seine Lippen strichen über die empfindliche Haut der Innenfläche. »Du brauchst nicht durcheinander zu sein«, murmelte er. »Dazu hast du keinen Grund.«

Hitze kroch durch ihre Adern, und Verzweiflung schwang in ihrer Stimme mit, als sie sprach. »Ich habe jeden Grund in der Welt! Vor nicht allzu langer Zeit hast du davon geredet, mit mir zu schlafen, und jetzt schlägst du mir eine geschäftliche Vereinbarung vor.«

Er ließ von ihrer Hand ab und sah ihr statt dessen in die Augen. »Hör zu, Melisande. Mit dir zu schlafen ist etwas, das ich mir so sehr wünsche, daß es mich fast verrückt macht. Aber mein Verlangen nach dir hat mit meiner endgültigen Entscheidung wegen des Betts nichts zu tun. Dir das Bett zu verkaufen ist nicht davon abhängig, daß du mit mir schläfst, das mußt du mir glauben. Das letzte, was ich will, ist, daß du dich unter Druck gesetzt fühlst.« Er trat näher zu ihr und senkte die Stimme. »Ich habe es dir schon einmal gesagt, und ich sage es noch mal: Ob wir miteinander schlafen werden, liegt bei dir, aber du solltest wissen, daß mein Körper keine Ruhe finden wird, bis ich tief in dir bin, und wenn das passiert, wird es uns beide verdammt viel Spaß machen, dafür garantiere ich.«

Sie atmete scharf ein, überwältigt von ihm, seinen Worten, dem Feuer in seinen Augen und dem Feuer in ihr selbst. Sie war nicht mehr in ihrem Element und fast nicht mehr bei klarem Verstand. Denn in diesem Augenblick wünschte sie sich nichts mehr, als ihm die Arme um den Hals zu legen und ihn an sich zu ziehen.

Sie sollte keine Gelegenheit haben herauszufinden, ob

sie dem Impuls gefolgt wäre, da er ein Stück zurücktrat. Zärtlich strich er mit der Rückseite einer Hand über ihre Wange. »Komm, wir gehen in den großen Salon und schauen uns die Farb- und Tapetenmuster an, die ich mir besorgt habe.«

Sie nickte. In diesem Moment hätte sie zu allem ja und amen gesagt, was er verlangte.

6

Sowie Melisande den großen Salon betrat, befiel sie ein Gefühl von Vertrautheit. In Anbetracht der Tatsache, daß es viele Jahre her war, seit sie zuletzt in dem Raum gewesen war, gab es keine Erklärung für dieses Gefühl, und sie entschied, daß sein Vorhandensein dem Umstand zuzuschreiben wäre, daß eine Nacht der Erholung ihre Sinne geschärft hatte.

Unglücklicherweise machte dieser Umstand es ihr sogar schwer, auf einige Distanz zu Cameron klar zu denken. Er stand an einem langen Arbeitstisch, der aus zwei Sperrholzplatten bestand, die auf vier Böcken lagen, und ging einen Stapel Aktenordner durch. Daß er sich vollkommen darauf konzentrieren konnte, ließ es fast unwirklich erscheinen, daß er gerade die unerhörtesten, erregendsten und atemberaubendsten Worte geäußert hatte, die ihr je zu Ohren gekommen waren.

Aber da er seine Aufmerksamkeit anderen Dingen widmete, hatte sie zumindest Gelegenheit, ihren wilden Herzschlag zu beruhigen und sich im Zimmer umzusehen. Es war der größte Raum im Haus, von dessen Fenstern man auf die Veranda, die Rosen und die Rasenfläche dahinter sah. Die drei Scheiben des Erkerfensters waren aus Buntglas; das mittlere zeigte ein Blumenmotiv, die beiden seitlichen Scheiben waren weiß-golden gemustert.

Selbst ohne Möbel und trotz des Arbeitstisches war der Raum von bezaubernder Schönheit.

Cameron entdeckte den Ordner, den er gesucht hatte, und richtete sich auf. »Wie du siehst, habe ich so ungefähr alles, was es an Tapeten- und Farbmustern auf dem Markt gibt, aufgetrieben.«

»Den Eindruck habe ich auch.« Meterhohe Stapel mit Tapetenmusterbüchern nahmen zwei Wände ein, und Kisten mit Farbmustern und Dekorstoffen türmten sich vor einer dritten Wand. »Warum soviel?«

»Weil ich nicht weiß, was ich will. Ich habe so etwas noch nie gemacht, zumindest nicht bei einem Haus.«

»Und ich bin immer noch nicht sicher, ob ich geeignet bin, um dir zu helfen.«

»Warum nicht?«

»Aus mehreren Gründen.« Sie hatte nicht die Absicht zu erwähnen, daß sie befürchtete, zu sehr von ihm abgelenkt zu werden, um auch nur etwas so Einfaches wie Wandfarbe aussuchen zu können. »Abgesehen von der Tatsache, daß ich in dieser Hinsicht keinerlei Erfahrung habe, kann ich mich an die Möbel nicht mehr erinnern. Und um meine Sache gut zu machen, müßte ich die Ausstattung jedes Zimmers berücksichtigen. Du hast gesagt, daß du nicht alle Möbelstücke übernommen hättest, aber etwaige Neuanschaffungen müßten auf die bereits vorhandenen Sachen abgestimmt werden. Alles muß als Gesamtheit zusammenpassen, die Tapeten, die

Wandfarben, die Dekorstoffe, das Holz und die Vorhänge – zumindest hat man mir das gesagt. Und dann kommen noch Bilder und ähnliches dazu.« Sie schüttelte den Kopf. »Das Ganze würde viel Arbeit machen und viel länger als eine Woche dauern.«

»Ich verlange nicht von dir, jeden Raum vom Keller bis zum Dachboden zu gestalten. Fang einfach mit den Haupträumen an und sieh zu, wie weit du kommst.«

Sie hob abwehrend eine Hand. »Cameron, ich habe die Möbel zum letztenmal gesehen, als ich acht Jahre alt war. In diesem Alter achtet mach nicht darauf, wie ein Haus eingerichtet ist. Abgesehen von ein, zwei Stücken habe ich nur äußerst vage Erinnerungen an die Möbel.« Sie schüttelte den Kopf. »Es ist einfach unmöglich.«

»Du überraschst mich, Melisande. Ich hätte nicht gedacht, daß das Wort ›unmöglich‹ in deinem Wortschatz existiert.«

Er lächelte sie viel zu verführerisch, ja, zärtlich an, und ihr Verteidigungswall bekam Risse. »Normalerweise nicht, aber . . .«

Er brachte sie zum Verstummen, indem er ihr den Ordner reichte, den er in der Hand hielt. »Das sollte dir helfen.«

»Was ist das?«

»Bevor ich alles einlagern ließ, habe ich von jedem Raum Inventarlisten aufgestellt, einschließlich Farbfotos von jedem Möbelstück, auf denen man sieht, wie sie aufgestellt waren.«

Nur mit Mühe widerstand sie der Versuchung, eine Grimasse zu schneiden. »Wie umsichtig von dir.«

Er lächelte. »Ich weiß, wie ich bekommen kann, was ich will, Melisande. Das habe ich schon immer gewußt.«

Daran zweifelte sie keine Sekunde. Er strahlte Magnetismus aus, Selbstbewußtsein und Stärke.

»Du wirst mir also geben, was ich will?«

Vor ihrem geistigen Auge entstand schlagartig das Bild, wie sie beide eng ineinander verschlungen nackt im Bett lagen. Er wollte es, und der Himmel möge ihr beistehen, sie wollte es auch.

»Wirst du bleiben . . . und mir mit dem Haus helfen?«

Sie versuchte zu schlucken und stellte fest, daß es unmöglich war. »Was?«

Er kam langsam auf sie zu, bis er ihr so nah war, daß sie glaubte, seinen Herzschlag zu hören. Es dröhnte in ihren Ohren, ein Herz, das laut pochte und zu sagen schien: Ich will dich. Ich will dich. Und dann erkannte sie, daß es ihr eigener Herzschlag war, den sie hörte, ihr eigenes Verlangen, das sie zu ersticken drohte.

»Sag, daß du bleibst«, murmelte er. »Du mußt bleiben. Ich brauche dich.«

Die schlimmste aller Möglichkeiten war eingetreten. Sie hatte nicht nur die Sprache verloren, sondern auch die Fähigkeit, Worte zu verstehen, die an sie gerichtet waren. »Du brauchst mich? Für das Haus . . . oder für dich?«

Er schob seine Hand unter ihr Haar, legte sie an ihren Nacken und beugte sich zu ihr vor. »Weißt du das nicht? Kannst du es nicht fühlen? Ich brauche dich mit jedem Atemzug mehr, aber da ich dir die Entscheidung überlassen habe, wie es mit uns weitergehen wird, muß ich mich mit deiner Hilfe für das Haus begnügen.« Sein Blick heftete sich auf ihre Lippen. »Oder hast du unseretwegen schon eine Entscheidung getroffen? In diesem Fall würde ich nämlich die Arbeiter anrufen, um ihnen zu sagen, daß sie sich den Tag freinehmen können, und mit dir nach oben gehen.«

Sie schloß die Augen und spürte, daß sie ins Schwanken geriet. Wie von selbst hoben sich ihre Hände und legten sich auf seine Brust; sein Herz schlug fest und stark unter ihren Handflächen. Vielleicht war es doch sein Herzschlag gewesen, den sie gehört hatte. Nein, ganz bestimmt nicht.

»Melisande?« Seine Miene war angespannt, sein Atem ging flach.

Sie sah zu ihm auf, unsicher, was sie sagen sollte. Das Geräusch von Autotüren, die zugeschlagen wurden, ließen sie im nächsten Moment zusammenzucken.

Cameron fluchte leise. »Das sind die Arbeiter, aber ich kann ihnen sagen, daß sie wieder nach Hause fahren sollen. Sag mir einfach, was du willst.« Das Telefon in der Diele begann zu klingeln. Er ignorierte es. »Melisande?«

»Ich . . . ich . . .«

»Sag es mir.«

Sie wandte den Blick ab. »Ich glaube, du solltest ihnen nicht sagen, daß sie nach Hause gehen können.«

Er drehte sich auf dem Absatz um, marschierte in die Diele und riß den Telefonhörer hoch. »Ja?«

Melisande konnte ihn durch die offene Tür sehen, und sie fragte sich, ob sie je imstande sein würde, was ihn betraf, nein zu sagen . . . ganz gleich, worum es ging.

»Stimmt«, sagte er in den Apparat. »Das hatte ich vergessen.« Er fuhr sich mit steifen Fingern durchs Haar. »Okay, ich bin in zehn Minuten da.« Er knallte den Hörer auf die Gabel und kehrte in den Salon zurück. »Ich habe einen Termin in der Stadt. Es ist geschäftlich, aber in einer Stunde sollte ich zurück sein. Wirst du noch hier sein, wenn ich wiederkomme?«

Sie konnte sich nicht vorstellen, die Kraft aufzubringen, zu gehen. »Ich weiß es nicht.«

»Ja oder nein, Melisande.«

Sie konnte nicht nein sagen. »Ja.«

Nach einem letzten Blick auf sie schnappte er sich seine Schlüssel vom Arbeitstisch und ging. Und Melisande setzte sich auf den Boden, da ihre Beine zu sehr zitterten, als daß sie sie noch hätten tragen können.

Melisande hörte, wie die Männer in verschiedenen Bereichen des Hauses mit der Arbeit anfingen, rührte sich aber nicht. Es war, als hätte sie Camerons letzten Blick auf diesem Fleck erstarren lassen, auf dem Boden eines Salons in Lacy, Alabama. Was als zweitägige Reise begonnen hatte – einen Tag hin, einen zurück –, hatte sich ausgedehnt, und jetzt dachte sie ernsthaft daran, noch eine Woche zu bleiben. Unglaublich.

Sie sah sich geistesabwesend um, und ihr Blick fiel auf die Tapetenmuster. Sie hatte keine Ahnung, wie man die Inneneinrichtung eines Hauses in Angriff nahm. Wählte man zuerst die Deckenfarbe oder die Tapete? Oder vielleicht fing man mit den Möbelstoffen an. Sie stöhnte und vergrub das Gesicht in den Händen. Sie konnte nicht einmal ihre eigene Kleidung zusammenstellen. Wie war sie nur auf die Idee gekommen, sich ein ganzes Haus zuzutrauen?

Cameron. Es lag natürlich nur an Cameron.

Er verwirrte und bedrohte sie, quälte und erregte sie. Und was er auch tat oder sagte, immer sehnte sie sich nach mehr . . .

Die Tür ging auf, und Phyllis stürzte in den Salon. »Cameron, ich muß . . .« Als sie Melisande auf dem Fußboden sitzen sah, verstummte sie abrupt. »Oh! Sie sind es!«

Melisande hievte sich hoch. »Ja, ich bin's. Schön, Sie wiederzusehen, Phyllis.« Camerons Schwester trug ein elegantes Leinenkostüm und dazu passende Pumps und sah so frisch aus wie der junge Frühling. Melisande, die in ihren Sachen geschlafen hatte, wirkte im Gegensatz dazu, als wäre nicht ein, zwei oder drei, sondern eine ganze Herde Elefanten über sie getrampelt. Und ihr Haar brauchte dringend etwas Gel. Sie lauerte gespannt darauf, ob Phyllis wieder einen ihrer ›Wie-nett‹-Kommentare abgeben würde, und erwog im Geist verschiedene Interpretationen.

Aber zu ihrer Überraschung schien Phyllis das Äußere ihres Gegenübers überhaupt nicht zur Kenntnis zu nehmen. Sie hatte offensichtlich andere Sorgen. »Wo ist Cameron?«

»Er hatte einen geschäftlichen Termin in der Stadt. Er hat gesagt, daß er in ungefähr einer Stunde wieder hier wäre.«

Phyllis legte eine Hand an die Stirn und preßte dann beide Hände fest zusammen. »Hat er gesagt, wo er diesen Termin hat?«

»Nein, leider nicht.«

Phyllis warf einen Blick auf ihre Uhr. »Um wieviel Uhr ist er gefahren?«

»Um wieviel Uhr?« Melisande erlebte einen Schock. Ihr wurde klar, daß sie nicht die leiseste Ahnung hatte, wann Cameron gefahren war. »Ich habe nicht auf die Zeit geachtet.« Es erschien ihr unfaßbar, diese Worte aus ihrem Mund zu hören.

Phyllis nickte abwesend und trat an eins der Fenster.

Immer noch unter dem Schock, an diesem Vormittag nicht auf die Uhrzeit geachtet zu haben, beobachtete Melisande Phyllis stirnrunzelnd. Es dauerte eine Minute, aber schließlich dämmerte ihr, daß Phyllis über irgend etwas verstört war, das mit ihr, Melisande, nichts zu tun hatte. »Sie können draußen auf der Veranda auf ihn warten, wenn Sie wollen.« Sie schnitt eine Grimasse. Ihr Vorschlag klang, als hätte sie die Rolle der Gastgeberin in Camerons Haus übernommen, obwohl sie eigentlich nur wissen wollte, ob sie Phyllis irgendwie helfen konnte. Aber Phyllis schien nichts aufzufallen.

»Ich weiß nicht.« Phyllis rang die Hände.

»Möchten Sie vielleicht etwas trinken?« fragte sie.

Phyllis wandte sich zu ihr um, aber Melisande hatte den Eindruck, daß die Frau sie gar nicht wahrnahm.

»Phyllis, stimmt was nicht?«

»Nein, nein, schon gut. Ich hatte nur gehofft, ich könne mit Cameron sprechen.«

»Es ist doch niemand krank, oder?«

Ein Anflug von Hysterie schwang in Phyllis' Lachen mit.

Melisande ging zu ihr und nahm ihren Arm. »Kommen Sie, wir gehen in die Küche. Ich glaube, ich habe auf der Anrichte eine Schale Zitronen gesehen. Ich kann uns etwas Limonade machen.«

In der Küche nötigte Melisande Phyllis, auf einem Stuhl Platz zu nehmen, und trat einen Schritt zurück, um ihr blasses Gesicht besorgt zu mustern. Vielleicht wäre eine Tasse heißer Kräutertee besser für sie als kalte Limonade. Sie wünschte, sie wüßte es. Da sie ihr Zuhause mit siebzehn verlassen hatte, hatte sie nicht viel Erfahrung darin, sich um jemand anderen zu kümmern.

Sie kümmerte sich nicht einmal ausreichend um sich selbst.

Plötzlich runzelte Phyllis leicht die Stirn. »Warum sind Sie noch hier?«

Melisande lächelte vor Erleichterung. Endlich fand Phyllis wieder zu sich selbst. »Hier in der Küche, meinen Sie? Oder hier in Camerons Haus?«

Phyllis ließ sich zurücksinken. »Vergessen Sie, daß ich gefragt habe. Es geht mich ohnehin nichts an.«

Irgend etwas war eindeutig nicht in Ordnung. »Es macht mir nichts aus, wirklich nicht. Cameron ist Ihr Bruder. Ich kann verstehen, daß Sie nur das Beste für ihn wollen.«

Phyllis stützte die Ellbogen auf und legte den Kopf auf die Hände. »Das will ich, aber ich habe kein Recht, mich in sein Leben einzumischen, wenn mein eigenes Leben so durcheinander ist.«

Melisande setzte sich zu ihr an den Tisch. »Was ist passiert? Geht es um Ihren Mann? Cameron hat erwähnt, daß Sie und Ihr Mann momentan Probleme hätten.«

Phyllis stieß ein kurzes Lachen aus und hob den Kopf. Tränen schimmerten in ihren schönen blauen Augen. »Wir haben keine Probleme. John würde nicht einmal im entferntesten an die Möglichkeit denken, daß wir Probleme haben könnten. Das ist viel zu vulgär. Nein, er ignoriert mich einfach, was ihm nicht schwerfällt, da er soviel Zeit wie möglich von zu Hause wegbleibt.«

»Haben Sie versucht, mit ihm darüber zu reden?«

»Es ist ein bißchen schwierig, mit ihm zu reden, wenn er jeden Morgen ins Büro fährt, bevor ich aufwache, und zurückkommt, wenn ich schon schlafe.« Eine Träne lief ihr über die Wange. Phyllis biß sich auf die Lippe. »Das bedeutet, daß ich, wenn ich ihn sehen will, zu ihm ins

Büro muß, was ich nebenbei heute morgen getan habe. Ich hatte beschlossen, meinen Stolz zu schlucken und ihn zu bitten, mit mir zu Mittag zu essen. Ich hatte geplant, ein Picknick zusammenzustellen, wie früher, bevor wir geheiratet haben, und mit ihm an unseren Lieblingsplatz zu fahren, wo wir früher . . .« Ihre Stimme erstarb.

»Was ist passiert?«

Ihre Miene verhärtete sich. »Nichts. Gar nichts. Er sagte, er hätte eine wichtige Besprechung, und er würde mich heute abend zu Hause sehen, und dann rief er Janet, seine Sekretärin, herein und bat sie, mich hinauszubegleiten.«

»Haben Sie ihm nichts von dem geplanten Picknick erzählt?«

»Dazu hatte ich keine Gelegenheit.«

Melisande streckte die Hand aus und legte sie auf Phyllis' Arm. »Das tut mir leid. Ich war nie verheiratet, aber ich kann mir vorstellen, wie sehr Sie das verletzt hat.«

»Ich war verletzt, aber damit ist jetzt Schluß.« Phyllis fuhr sich mit dem Handrücken über das Gesicht, um sich die Tränen wegzuwischen. »Ich ziehe zu meiner Freundin Lisa. Ein paar Taschen habe ich schon gepackt. Ich bin gerade auf dem Weg zu ihr, aber ich wollte Cameron noch sagen, wo er mich erreichen kann.«

»Sie ziehen aus? Das ist ein ziemlich großer Schritt. Sind Sie sicher, daß Sie das Richtige tun?«

»Ich hätte es schon vor Wochen tun sollen. Würden Sie es Cameron ausrichten, bitte?«

»Das tue ich gern, aber ich wünschte, Sie würden warten und es ihm selber sagen.«

Phyllis schüttelte den Kopf und stand auf. »Ich glaube,

es wird mir besser gehen, wenn ich mich erst einmal bei Lisa eingerichtet habe.«

Melisande lächelte aufmunternd. »Vielleicht haben Sie recht. Bleiben Sie ein paar Tage bei Ihrer Freundin, betrachten Sie es als eine Art Urlaub. Möglicherweise bekommen Sie dadurch etwas Abstand. Aber tun Sie bitte nichts, das Sie später nicht mehr ungeschehen machen können. Cameron hat mir gesagt, daß Sie Ihren Mann sehr lieben und seit zehn Jahren mit ihm verheiratet sind. Ich bin keine Expertin, aber mir scheint, für eine Liebe wie diese lohnt es sich zu kämpfen.«

Phyllis lächelte traurig. »Vielleicht ist das das Problem. Vielleicht habe ich nie gelernt zu kämpfen.«

»Das ist leicht zu lernen. Glauben Sie mir. Ich habe für alles in meinem Leben kämpfen müssen.«

»Haben Sie immer gewonnen?«

Melisande dachte kurz nach. »Nein, aber ich habe auch nicht immer verloren.«

»Es war sehr freundlich von Ihnen, mir zuzuhören, Melisande. Sagen Sie Cameron, ich würde ihn nachher anrufen.«

Als Cameron zurückkam, fand er Melisande hinter dem Haus im Garten. Sie kniete auf dem Boden und zupfte das Unkraut aus den Rosenbeeten. Er streckte die Hand aus und zog sie hoch. »Was machst du hier? Ich habe dir doch gesagt, daß ich ein paar Leute engagiert habe, die sich um den Garten kümmern werden.«

Sie strich sich den Schmutz von den Händen. »Ich brauchte eine Beschäftigung.«

»Ich dachte, ich hätte dir eine gegeben, nämlich das Haus. Schon vergessen?«

»Na ja, ich habe gesagt, ich würde noch hier sein, wenn du zurückkommst, aber ich habe nie zugesagt, dein Haus einzurichten. Aber ich bin froh, daß ich geblieben bin.«

»Wirklich? Warum?«

»Deine Schwester war vorhin hier. Sie ist von zu Hause ausgezogen, um bei ihrer Freundin Lisa zu wohnen.«

»Verdammt«, fluchte Cameron, »ich hatte gehofft, es würde nicht soweit kommen. Was ist passiert?« Er hörte ihr zu, während sie ihm alles erzählte, was Phyllis ihr gesagt hatte. »Ich fahre lieber kurz rüber, um nachzusehen, wie es ihr geht.«

Melisande nickte. »Es wird ihr bestimmt guttun, dich zu sehen.«

»Mir wird auch wohler sein, obwohl ich keine Ahnung habe, was ich ausrichten kann. Ich wünschte, ich könnte sie überreden, nach Hause zurückzukehren, bevor John heimkommt und sie nicht mehr vorfindet.«

»Du scheinst viel von John zu halten.«

»Allerdings. Phyllis und er sind wie füreinander geschaffen. Leider haben sie beide zugelassen, daß sich viele andere Dinge zwischen sie stellen, und jetzt werden sie entscheiden müssen, was ihnen am wichtigsten ist.« Er hieb mit der Faust in seine Handfläche. »Es tut verdammt weh, mitanzusehen, wie zwei Menschen, die einem viel bedeuten, so etwas durchmachen.«

»Ja, das kann ich mir vorstellen.« Obwohl sie eine Handvoll Freunde hatte, die ihr wirklich nahestanden, war sie sich nicht sicher, ob sie wirklich wußte, was Cameron durchmachte. Aber ein Blick auf ihn reichte, um zu erkennen, daß ihm der Kummer seiner Schwester sehr zu Herzen ging. Und sein Schmerz erweckte den

Wunsch in ihr, ihn zu trösten. Sie legte eine Hand auf seinen Arm. »Es wird wieder in Ordnung kommen, glaub mir. Wenn sie ihn wirklich liebt, wird sie Himmel und Hölle in Bewegung setzen, um ihre Ehe zu retten.«

Eine Weile sah er sie schweigend an. »Danke, daß du für sie da warst.«

»Wie gesagt, ich war froh, hier zu sein.« Sie warf einen Blick auf ihre Uhr und runzelte die Stirn. Der Summer war heute noch kein einziges Mal ertönt, was bedeutete, daß sie mindestens zweimal ihre Magentabletten nicht genommen hatte, von ihren Vitaminen ganz zu schweigen. Cameron mußte am Morgen die Automatik ganz außer Betrieb gesetzt haben. Sowie sie im Haus war und ihre Handtasche entdeckt hatte, mußte sie zwei Magentabletten nehmen.

Camerons Finger schlossen sich um ihr Handgelenk, und seine Hand versperrte ihr den Blick auf die Uhrzeit. »Ich fahre erst zu Lisa, wenn du mir sagst, daß du die Woche über bleibst.«

»Zu Lisa?« fragte sie, augenblicklich abgelenkt.

»Du hast doch gesagt, Phyllis wäre bei ihr, oder?«

»Oh! Ja, hab' ich.« Jetzt fiel es ihr wieder ein. Lisa war die Freundin, als hoffnungsvollste Ehekandidatin für Cameron ansah.

»Wirst du bleiben und mir bei der Einrichtung helfen?« fragte er erneut.

Es wäre absoluter Wahnsinn, zu bleiben. »Was ist mit meiner Agentur? Was mit der Tatsache, daß ich nur eine zweite Garnitur Kleidung mitgenommen habe? Und was mit der Tatsache, daß ich nicht einmal eine Scheune einrichten könnte, geschweige denn ein wundervolles Haus wie dieses?«

»Und was ist mit dem Bett? Was ist mit der Chance,

mehr Zeit zusammen zu verbringen? Was ist mit dem Ball?«

Sie senkte den Kopf. Was ist damit, mich total zum Narren zu machen? dachte sie.

Er legte eine Hand unter ihr Kinn und hob ihr Gesicht, so daß er ihr in die Augen sehen konnte. »Melisande, Liebes, du hast meine Argumente gehört, warum du bleiben solltest, immer wieder. Jetzt mache ich mir Sorgen um meine Schwester, aber ich werde dich nicht verlassen, bevor zu sagst, daß du auf unsere Abmachung eingehst.«

Es war mehr als eine geschäftliche Abmachung, weit mehr, und das wußten sie beide. Sie könnte sich einreden, das Bett wäre ihr einziges Motiv, seinem Vorschlag zuzustimmen, aber tief im Innersten wußte sie, daß es einen anderen, noch stärkeren Grund gab, einen Grund, den sie zur Zeit nicht näher beleuchten oder analysieren wollte. Wenn sie nur halbwegs bei Verstand war, würde sie sagen . . .

»Ja.« Die Antwort kam über ihre Lippen, bevor sie es verhindern konnte, und ließ sich nicht mehr zurücknehmen.

Sein Lächeln bestätigte ihr endgültig, daß sie es laut ausgesprochen hatte. »Bist du noch hier, wenn ich zurückkomme?« wollte er wissen.

Eine Welle von Panik überflutete sie, weckte die unerklärliche Angst in ihr, einen Teil ihrer selbst aufgegeben zu haben. »Nein.« Sie schüttelte energisch den Kopf. »Nein.« Ich muß ein paar Dinge erledigen. Ich habe dir gesagt, daß ich bleibe, aber das wird nicht gehen, falls George Whitmark nichts frei hat.«

»Bei Georg für eine Woche Unterkunft zu bekommen dürfte kein Problem sein. Was noch?«

Ihre Panik steigerte sich. »Meine Arbeit, meine Kleidung, mein Leben . . .«

Er legte ihr die Hand über die Oberarme und beugte sich so weit vor, daß sein Gesicht auf einer Höhe mit ihrem war. »Alles wird gut werden, Melisande.«

Seine Stimme war sanft und tröstlich, aber ihre Nerven beruhigten sich nicht, sondern kribbelten noch stärker. Der Duft seines Körpers vermischte sich mit dem Duft der Rosen und drang tief in ihre Poren. Die Intensität seines Blicks schien sie zu durchbohren.

»Fahr zurück ins Motel, tu, was du zu tun hast, und komm zurück. Ich werde nicht lange weg sein. Okay?«

›Okay‹ legte nahe, daß alles richtig und vernünftig und sicher war. Aber so war es nicht. In den letzten zwei Tagen war ihre Welt aus der Bahn geraten, und sie hatte vollständig das Gleichgewicht verloren.

»Melisande?«

»Okay.« Was sollte sie sonst sagen? Wenn sie nein gesagt hätte, wäre er so lange geblieben, bis sie endlich nachgegeben hätte. Außerdem, hier im Haus zu sein, wenn er zurückkam, brachte sie nicht mehr in Gefahr als ihre Zusage, eine ganze Woche zu bleiben, es schon getan hatte.

»Weißt du, ich habe den Eindruck, daß das seine wundervolle Woche wird«, sagte Cameron. Dann gab er ihr einen Kuß auf den Mund und schlenderte davon.

»Freut mich zu hören, daß Sie noch eine Woche bleiben«, sagte George am selben Nachmittag zu Melisande. »Ich hatte noch nie einen Gast, der mir weniger Arbeit gemacht hätte. Ich muß ja nicht mal Ihr Bett machen.«

Leichte Röte kroch unter ihre Haut. »Ja . . . äh . . . falls das Apartment frei ist . . .«

»Dieses und acht weitere, wenn Sie wollen.«

»Danke, aber eins reicht mir.«

»Dann werde ich mich jetzt wieder an die Arbeit machen.« George tippte an den Schirm seiner Mütze und schlurfte zu Apartment 3, an dem er immer noch arbeitete.

Melisande verdrehte die Augen und betrat Nummer 6, das Apartment, das sie für die nächste Woche reserviert hatte. George mußte wissen, daß sie in der vergangenen Nacht nicht ins Motel zurückgekehrt war, und sie war sicher, er würde daraus dieselbe Schlußfolgerung ziehen wie alle anderen, die davon erfuhren – daß sie die Nacht bei Cameron verbracht hatte. Und sie konnte es nicht einmal leugnen.

Die vor ihr liegende Woche könnte recht interessant werden. Zum erstenmal in ihrem Leben war sie in Gefahr, sich den Ruf einer unmoralischen Frau einzuhandeln. Vermutlich wäre das nicht so tragisch, wenn sie diesen Ruf verdient hätte, aber so war es nicht. Und obwohl sie nicht den Finger darauf legen konnte, was sie daran so bedrückte, war der Gedanke irgendwie schrecklich deprimierend.

Sie rief Sam an, der hocherfreut über ihren Entschluß war, ihr aber unmißverständlich klarmachte, daß er kündigen würde, falls sie ihn zweimal am Tag per Telefon überprüfte. Er wollte, daß sie völlig ausspannte. Sie nahm seine Drohung nicht ernst, beschloß aber vorsichtshalber, ihre Anrufe auf einen am Tag zu beschränken. Dann wählte sie Noelles Nummer.

»Noelle?«

»Hi, Mel. Was gibt's?«

Melisande lächelte. Es war beruhigend, von Sam und Noelle Mel genannt zu werden. Unterhaltungen mit ihnen waren eine Art Berührungspunkte mit ihrer Welt, mit ihrer wirklichen Welt.

Noelle fuhr fort, ohne Melisande Gelegenheit zu geben, auf die Frage zu antworten. »Ich habe gestern in deinem Büro angerufen, und Sam hat mir erzählt, du wärst auf der Jagd nach einem Bett.«

»Das trifft den Nagel so ziemlich auf den Kopf. Noch dazu wird meine Jagd eine weitere Woche Zeit in Anspruch nehmen, und ich sitze in Alabama fest mit nicht mehr als einer Jeans, einem T-Shirt und einer Bluse, und selbst die Kombinationen würde nicht deine Billigung finden.«

»Meine Güte, warum hast du mich nicht früher angerufen?«

»Weil ich fest überzeugt war, die Dinge schneller über die Bühne bringen zu können. Aber es hat sich herausgestellt, daß das einzige Bett in der Welt, in dem ich schlafen kann, einem Mann gehört, der sich nicht entschließen kann, ob er es verkaufen will oder nicht. Und sosehr ich mich bemüht habe, ist es mir nicht gelungen, seinen Entscheidungsprozeß zu beschleunigen.«

»Was ist das für ein Typ? Ein Ekel?«

»Glaub mir, mir fallen viele Bezeichnungen für ihn ein, aber Ekel gehört nicht dazu.«

»Wie interessant. Erzähl mir mehr.«

»Wenn ich wieder zu Hause bin, vielleicht.« Aber sie wußte, daß sie niemandem von Cameron erzählen würde. Wie auch? Was zwischen ihr und Cameron vorging, konnte sie nicht erklären, nicht einmal sich selbst. »Hör mal, könntest du zu mir nach Hause gehen, ein paar bequeme Sachen aus meinem Schrank nehmen und sie mir per Expreß zuschicken lassen? Ich brauche auch noch Unterwäsche und Schuhe und . . . ach ja, und Make-up werde ich auch brauchen, glaube ich. Ich muß einen Wohltätigkeitsball besuchen.«

»Im Ernst? In dem Fall wirst du ein Kleid brauchen.«

Sie stöhnte. »Mist! Daran habe ich nicht gedacht, aber ich fürchte, du hast recht.«

»Schwebt dir etwas Bestimmtes vor?«

»Nein, eigentlich nicht. Ich werde mich wie immer auf dein Urteil verlassen. Aber . . .«

»Ja?«

»Es sollte ein wirklich aufsehenerregendes Kleid sein. Die Leute hier haben mich nur in Jeans gesehen, und wenn ich schon auf diesen Ball muß, würde ich sie gern aus den Socken hauen.«

»Jetzt redest du wie ein vernünftiger Mensch, und ich habe genau das richtige Kleid für dich. Es ist brandneu im Laden. Überlaß alles getrost mir. Gib mir nur die Adresse, wo ich die Sachen hinschicken soll.«

Melisande war seit über einer Stunde wieder in Camerons Haus, als das Telefon klingelte. Sie zögerte einen Moment, entschied dann aber, daß die Tatsache, daß sie bei Cameron ans Telefon ging, die Leute kaum mehr schockieren würde als der Umstand, daß sie die Nacht bei ihm verbracht hatte.

Sie nahm den Hörer ab. »Hallo?«

»Hi.«

Als sie Camerons Stimme hörte, breitete sich Wärme in ihrem Inneren aus. »Hi. Wie geht's Phyllis?«

»Sie ist stur und unnachgiebig und sehr, sehr verletzt.«

»Das tut mir leid.«

Er seufzte. »Mir auch, aber daß du auf mich wartest, macht mir alles viel leichter.«

Sie bemühte sich, ein Lächeln zu unterdrücken, bis ihr einfiel, daß das gar nicht nötig war. Cameron konnte sie schließlich nicht sehen. »Ich sagte doch, ich würde bleiben.«

»Und was hast du so getrieben?«

»Den Großteil des Nachmittags war ich im Motel, aber jetzt sitze ich auf der Veranda und bewundere Tante Sarahs Rosen.«

»Was sonst?«

»Nichts.«

»Nichts?«

»Eigentlich nicht.«

»Na ja, klingt, als wäre es eine ganz gute Art, sich die Zeit zu vertreiben. Könntest du es noch ein bißchen länger aushalten? Ich möchte auf dem Heimweg bei John vorbeischauen und mit ihm reden. Ich bin sicher, er ist genauso durcheinander wie Phyllis.«

»Kein Problem.«

»Gut. Warum schaust du nicht im Kühlschrank nach, ob irgend etwas deinen Appetit reizt, und machst dir etwas zu essen?«

»Und was ist mit dir? Wann wirst du essen?«

»Lisa hat mir etwas gekocht.«

»Oh.« Elizabeth konnte Brot backen, Mary Ann himmlische Nußkuchen. Höchstwahrscheinlich zauberte Lisa mit links exquisite Zwölf-Gang-Dinners auf den Tisch.

»Wir sehen uns bald.«

»In Ordnung.«

Sie legte auf und starrte die Rosen an. Vermutlich

sollte sie irgend etwas Produktives machen, den Versuch, eine Art Inneneinrichtung für das Haus zu entwerfen zum Beispiel. Sie könnte auch noch etwas Unkraut jäten. Sie könnte sogar auf Camerons Vorschlag eingehen und etwas essen. Sie könnte, aber sie wollte nicht. Sie hatte keinen Appetit, und sie verspürte einen leichten Schmerz im Magen, ein merkwürdiges leeres, nagendes Gefühl.

Sie strich mit einem Finger über das Kristallglas ihrer Armbanduhr und stellte fest, daß sie vergessen hatte, ihre Tabletten zu nehmen. Sie mußte ihre Summautomatik neu einstellen, und das würde sie auch tun. Bald. Aber einstweilen wollte sie noch ein bißchen hier sitzen.

Cameron war bei Lisa. Sie hatte ihm ein Abendessen zubereitet und seiner Schwester eine Bleibe gegeben. Wahrscheinlich war er ihr sehr dankbar, und Phyllis schien diese Lisa sehr zu mögen. Vielleicht würde aus Cameron und Lisa eines Tages ein Paar werden.

Melisande schnitt eine Grimasse. Es ist nur natürlich, daß es mich ein wenig interessiert, wen er letzten Endes heiraten wird, sagte sie sich. Aber aus irgendeinem Grund konnte sie sich für Lisa nicht erwärmen. Da sie die Frau nie gesehen hatte, war es ein unfaires Urteil ihrerseits, aber so war es nun mal.

Die Schatten wurden länger, und das Sonnenlicht verblaßte. Noch immer betrachtete Melisande die Rosen. Ihre üppige Pracht und ihr schwerer Duft hielten sie gefangen. Irgendwann erhob sie sich aus ihrem Sessel und schlenderte in den Garten, um einen Strauß Rosen für Camerons Schlafzimmer zu schneiden.

7

Sonnenlicht fiel auf Melisandes Gesicht. Unruhig bewegte sie den Kopf hin und her, um dem Licht auszuweichen und wieder in den gesegneten Schlaf zurückzusinken, der sie wie eine weiche Wolke umfing. Aber das Licht blieb, schien auf ihre Augenlider und holte sie aus der Tiefe ihres Wohlbehagens. Sie roch Rosen und einen anderen wundervoll bezwingenden und verlockenden Duft, der sie zwang, wach zu werden. Sie streckte sich wohlig, öffnete die Augen und sah Cameron an.

Er lag dicht neben ihr, den Kopf auf einen Ellbogen gestützt, und schaute sie unverwandt an. »Guten Morgen.«

Ein gewaltiges Zittern durchlief ihr Nervensystem. Sie war aus tiefstem Schlaf erwacht, um sich im Bett Seite an Seite mit demselben Mann wiederzufinden, der in der Nacht durch ihre Träume gegeistert war. Gott, wie hatte das nur wieder passieren können.

Dann dämmerte ihr, was geschehen war, und sie stöhnte auf. »Ich hab's schon wieder gemacht, stimmt's?«

Er nickte. »Du hast geschlafen, als ich nach Hause kam, und du hast die ganze Nacht durchgeschlafen wie ein Baby.«

Sein Haar schrie förmlich nach einem Kamm, sein Kinn sah aus, als hätte es eine Rasur nötig, aber sein Anblick raubte ihr den Atem. »Und du hast auch wieder die ganze Nacht in diesem Bett geschlafen, oder?«

Er wiegte den Kopf. »Ich würde nicht sagen, daß ich viel geschlafen hätte, aber es stimmt, Melisande, ich war die ganze Nacht an deiner Seite.«

Bei der Vorstellung wurde ihr heiß und kalt zugleich. Unwillkürlich versteckte sie selbst ihre Arme unter der Bettdecke und fühlte sehr viel Haut. Ihr Verstand arbeitete auf Hochtouren, um zu verarbeiten, was das bedeutete. Ihre Shorts waren verschwunden, und sie trug nur ihren Slip und – sie riskierte einen Blick nach unten – ihren BH.

Sie schnappte nach Luft und zog sich hastig die Bettdecke bis ans Kinn. »Du hast mich ausgezogen?« Ihr Ton war ungläubig und anklagend zugleich.

»Ja.« Seine Augen glitzerten. »Ich dachte, es wäre ein Jammer, wenn du zwei Nächte hintereinander in deinen Sachen schlafen müßtest. Und deshalb . . . ich konnte einfach nicht widerstehen. Wenn ich schon nicht mit dir schlafen konnte, wollte ich wenigstens deine Haut an meiner spüren.«

Trotz der Hitze in ihrem Inneren erschauerte sie. »Du.«

»Ganz recht, Melisande. Ich habe dich die ganze Nacht im Arm gehalten. Ich habe dir beim Schlafen zugesehen und beim Träumen.« Seine Lippen zuckten leicht. »Und trotzdem ist es mir, wie gesagt, gelungen, selbst ein bißchen Schlaf zu finden.«

Einen unvorsichtigen Moment lang wünschte sie sich, sie wäre wach gewesen, um sich an diese Nacht erinnern zu können. Aber sie hatte die langen, dunklen Stunden in tiefem Schlaf gelegen, mit schattenhaften, erotischen Träumen von Cameron. Im Traum hatte sie seine Brusthaare auf ihrer Haut gespürt, seine starken Arme, die sie hielten, und noch etwas anderes . . . Und sie hatte sich an ihn gekuschelt und die Wärme seines Körpers genossen, in dem sicheren Wissen, daß alles nur ein Traum wäre.

Sein Blick ruhte auf ihr, als er sich mit den Fingern

durchs Haar fuhr. »Ich hätte dich heute nacht lieben können, und du hättest geglaubt, es wäre ein Traum.«

Wieder einmal hatte er mühelos ihre Gedanken erraten. »Ich glaube, ich wäre aufgewacht«, sagte sie. Sie hätte gern auf Sarkasmus zurückgegriffen, entdeckte in sich aber eine unbestimmte Sehnsucht. Der Gedanke, nachts aufzuwachen und von Cameron geliebt zu werden, war quälend süß.

Plötzlich rollte sich Cameron vom Bett. Ihr Blick folgte ihm, die Augen geweitete, ihr Herzschlag wild und unregelmäßig. In helles Sonnenlicht getaucht, mit nichts als einem weißen Slip bekleidet, der seine Erregung kaum verbarg, bot er einen Anblick, bei dem ihr gewissermaßen das Wasser im Mund zusammenlief.

Der Sonnenschein warf einen goldenen Schimmer auf seine gebräunte Haut. Die Muskeln darunter wirkten hart, angespannt – als wäre Cameron am Ende seiner Geduld. »Ich habe dir gesagt, ich würde es dir überlassen, und ich versuche alles, um mein Versprechen zu halten, aber eins mußt du wissen, Melisande – ich kann an nichts anderes mehr denken, als daran, deinen heißen Körper zu spüren, dich zu lieben.«

Eine Woge von Sinnlichkeit hüllte sie ein und drohte sie zu ersticken. Sie konnte sich weder rühren noch etwas sagen, nichts tun, um ihn aufzuhalten, als er sich abwandte und in Richtung Badezimmer ging.

»Ich brauche eine kalte Dusche, oder ich kann für nichts mehr garantieren«, knurrte er, während er durch die Tür verschwand.

Sie blieb regungslos liegen und atmete mühsam ein. Er ist fort, sagte sie sich. Er war nicht nur aus dem Bett, sondern aus dem Zimmer verschwunden. Sie war in Sicherheit. Aber sie empfand keine Erleichterung. Sie war aus einer Reihe verschwommener, erotischer Träume erwacht, nur um festzustellen, daß das Verlangen nicht mit dem Schlaf gewichen war. Im Gegenteil.

Sie setzte sich auf und lehnte sich an einen Stapel Kissen. Aus dem Badezimmer hörte sie die Dusche laufen. Das kalte Wasser würde sein Verlangen nach ihr ersticken, aber was, fragte sie sich hilflos, würde ihr Verlangen nach ihm auslöschen?

Die Zeit verstrich. Sie hörte, wie die Dusche abgedreht wurde und er im Badezimmer hin und her ging, und noch immer war sie nicht imstande, ihre Frage zu beantworten. Oder sich zu bewegen. Sie brannte vor Leidenschaft, und ihr fiel kein Ausweg ein. Ihr Körper beherrschte ihren Verstand. Sie fühlte sich leer und ausgebrannt, und sie konnte nur daran denken, wie sehr sie ihn wollte, wie sehr sie ihn von Anfang an gewollt hatte. Als er ins Zimmer zurückkam, sah sie ihm aus hungrigen Augen entgegen.

Ein Handtuch war um seine schlanken Hüften geschlungen; sein Oberkörper war frei. Sein Haar war noch naß, vereinzelt schimmerten Wassertropfen auf seinem gebräunten Oberkörper.

»Was machst du denn noch im Bett?« fragte er schroff. »Ich dachte, du wärst der Typ, der morgens putzmunter und energiegeladen ist.«

»Normalerweise bin ich das auch.«

Er legte den Kopf zur Seite und musterte sie. Dann, ohne ein Zeichen von Verlegenheit angesichts der Tatsache zu zeigen, daß er nur mit einem Handtuch bekleidet war, schlenderte er an das Bettende. »Und was ist anders an diesem Morgen, Melisande?«

»Ich bin mir nicht sicher.« Sie war völlig sicher. Anders

war, daß ein Fieber in ihrem Körper tobte, ein Fieber, gegen das er etwas hätte ausrichten können.

Seine Brauen zogen sich zusammen. »Fühlst du dich gut?«

»Ja.« Nein! Sie fühlte sich ganz eigenartig – gereizt, übermäßig empfindlich, selbst was die Luft anging, die ihre Haut berührte. Sie litt Höllenqualen, und sie hatte die Befürchtung, daß nur er ihr helfen konnte.

Er sah sie einen langen Augenblick an, und seine Stimme wurde weicher. »Du siehst wundervoll aus. Der Schlaf bekommt dir. Aber . . .«

Er kam um das Bett herum zu ihr, umhüllt von dem Duft nach Seife, Wasser und quälender süßer Männlichkeit. Sie schluckte, um etwas gegen die Trockenheit in ihrer Kehle zu tun.

»Irgend etwas geht in dir vor«, sagte er leise. »Was ist es?«

Sie wußte, was es war, aber sie konnte es ihm nicht sagen. Es war das Verlangen, das immer schneller durch ihren Blutkreislauf strömte. Sie biß die Zähne zusammen, um nicht mit der Wahrheit herauszuplatzen. Schweiß brach auf ihrer Stirn aus, so sehr strengte es sie an, ihr Gefühl zu verbergen.

Cameron setzte sich aufs Bett und berührte mit der Hand ihre Stirn. »Was ist es?« fragte er mit belegter Stimme. »Was ist los?«

Sie schloß die Augen und schüttelte den Kopf.

»Möchtest du mir vielleicht etwas sagen, Melisande?« Mit einem Finger strich er sanft über ihr Kinn.

Melisande wußte, daß ihr Schweigen ihr nichts nützen würde. Irgendwann würde er sie durchschauen, entdekken, was sie vor ihm zu verbergen versuchte, wie sehr sie sich nach ihm sehnte. Und sie behielt recht.

Seine Finger zeichneten die Konturen ihres Gesichts nach, als wäre er blind und versuchte, sie mit seinen Fingerspitzen zu durchschauen. Aber er war nicht blind, und er konnte sie besser durchschauen als je ein Mensch zuvor.

Sein Atem ging rauher und schwerer. »Willst du mit mir schlafen, Melisande? Ist es das, was du mir sagen willst?«

Ihr Atem stockte, und ihr Herzschlag setzte aus. Dann spürte sie seine Finger an ihrer Kehle hinunterwandern.

»Magst du das?« Seine Finger verharrten kurz auf dem heftig pochenden Puls in der Halsbeuge und glitten dann weiter zu ihrem Spitzen-BH. »Magst du es, wenn ich deine Brüste berühre?« Seine Finger strichen leicht über den Spitzenrand des BHs, heizten ihre Haut und ihre Phantasie an, bis Melisande leise stöhnte.

»Sprich mit mir, Liebes. Sag mir, was du willst.«

Ihre Lider flatterten, dann begegnete ihr Blick seine, gab die Wahrheit preis.

»Ja.« Ihre Stimme war erstickt und kaum mehr als ein Wispern. »O Gott, ja.«

Er umschloß ihr Gesicht mit beiden Händen. »Sag es lauter. Sag, was ich hören will.«

»Ich will dich. Ich will mit dir schlafen.«

Cameron schlug die Bettdecke zurück, zog Melisande in seine Arme und küßte sie mit all dem Feuer, das er zurückgehalten hatte.

Gefühle aller Art explodierten in ihm. Melisande hatte ihm das letzte an Selbstbeherrschung abgefordert, aber jetzt war er kurz davor, sie zu besitzen. Vielleicht war es auch umgekehrt, aber das war ihm egal.

Sie schlang die Arme um seinen Hals und lieferte sich ganz seinem Kuß und seiner Leidenschaft aus. Sie hatte Cameron tatsächlich gesagt, was sie wollte. Das hätte eigentlich schockierend sein müssen, doch sie fragte sich nur, warum sie so lange gewartet hatte.

Er war völlig offen mit ihr gewesen, hatte ihr fast vom ersten Moment an gesagt, daß er sie wollte. Warum hatte sie nicht genauso offen sein können? Warum hatte sie die Wahrheit so lange geleugnet? Falls es Gründe dafür gegeben hatte, konnte sie sich an keinen einzigen erinnern.

Sie fand sich auf dem Rücken liegend wieder, quer über das Bett gestreckt, Cameron vor ihr. Ihr Höschen und ihr BH waren verschwunden, sein Handtuch auch. Ebenso jeder Gedanke an Zurückhaltung.

Machtlos ihrem Verlangen nach ihm ausgeliefert, breitete sie ihre Arme aus, und er kam zu ihr.

Seine heißen, feuchten Lippen erforschten jeden noch so geheimen Winkel ihres Körpers. Seine Liebe zu ihr machte das, was geschehen würde, unendlich kostbar für ihn. Er wollte jeden einzelnen Augenblick genießen, obwohl ein fast unerträgliches Verlangen sein Blut erhitzte und er sich nicht sicher war, ob er sich noch lange beherrschen konnte.

Sie erwiderte seine Küsse, zog ihn enger an sich, doch er machte sich von ihr frei. Die Liebkosungen seiner Hände und Lippen machten sie fast wahnsinnig, und sie konnte sich nicht vorstellen, noch mehr verkraften zu können. Aber sie täuschte sich.

Sein Lippen erforschten Stellen ihres Körpers, die noch nie zuvor erforscht worden waren. Sie brannte, sie stand in Flammen; sie verlangte so sehr nach ihm, daß sie glaubte, daran sterben zu müssen. Langsam und allmählich wurde der Druck in ihrem Inneren so stark, daß sie es kaum ertragen konnte.

Dann war Cameron über ihr und drang tief in sie ein.

Melisande glaubte zu schweben und als Cameron sich in ihr bewegte, stöhnte sie. Sie hatte nicht gewußt, daß die körperliche Liebe so sein konnte, so leidenschaftlich und verzehrend und köstlich.

Er umfaßte ihre Hüften und preßte sie an sich. Die Hitze, die sich in ihr aufgebaut hatte, versengte sie, bis Melisande schließlich lustvoll aufschrie und einen Höhepunkt erreichte, der kein Ende zu nehmen schien. Sie klammerte sich an Cameron, zumindest diesen einen unglaublichen Moment von dem Gefühl erfüllt, wirklich ein Teil von ihm zu sein.

Eine leichte Morgenbrise spielte mit den Spitzengardinen vor dem Fenster und zupfte an ihren Säumen. Cameron hielt Melisande in seinen Armen, ihren Rücken an seine Brust gepreßt.

»Bedaure nicht, was eben zwischen uns passiert ist«, murmelte er, sein Mund war nahe an ihrem Ohr.

»Natürlich nicht. Wie könnte ich?«

Er lachte leise, und sein Atem kitzelte sie. »Aber du tust es. Ich kann förmlich spüren, wie du dich verkrampfst, Muskel für Muskel. Was ist los?«

Wieder wäre es sinnlos, ›Nichts‹ zu sagen. Er würde ihr nicht glauben, und auch sie würde es nicht tun. Sie hatte Angst, aber wovor, das wußte sie nicht. Sie verspürte den panischen Drang, sich zurückzuziehen, was in Anbetracht der Tatsache, daß sie nackt in seinen Armen lag, nahezu ein Ding der Unmöglichkeit war. Sie war gefangen in seinen Armen, in seinem verführerischen Duft. Sie mußte etwas tun.

Die Bettdecke unter die Arme gezogen, löste sie sich aus seinem Griff und rückte ein wenig von ihm ab. Nachdem sie sich ein paar Kissen in den Rücken geschoben hatte, bemühte sie sich, ein belangloses Gesprächsthema zu finden. »Es ist ruhig im Haus, zu ruhig. Wo sind die Arbeiter?«

»Ich habe ihnen den Tag freigegeben, damit wir beide Zeit füreinander haben.«

Sie preßte für einen Moment die Zähne zusammen. »Warum? Hast du im Ernst vorhergesehen, was gerade passiert ist?«

»Komm schon, Melisande. Du weißt es doch besser.«

Ja und nein. Ihre Finger tasteten nach etwas Vertrautem, nach ihrer Uhr, fanden aber nichts. Sie sah auf ihr nacktes Handgelenk hinunter. »Wo ist meine Uhr?«

»Neben dir auf dem Nachttisch.«

Mit der gleichen Hast, mit der sie nach einem Rettungsanker gegriffen hätte, griff sie nach der Uhr und schob sie über ihr Handgelenk. »Die Summautomatik scheint nicht mehr zu funktionieren.«

»Ich habe sie abgestellt.«

Das hatte sie sich fast schon gedacht. »Das hättest du nicht tun sollen. Ohne diese Gedankenstütze denke ich einfach nicht dran, meine Magentabletten zu nehmen.«

»Brauchst du sie?«

»Ja, allerdings.« Unwillkürlich legte sie die Hand auf ihren Magen, und plötzlich konnte sie sich nicht mehr erinnern, wann er ihr zum letztenmal weh getan hatte. »Sieh mal, Cameron«, sagte sie, »ich möchte nicht, daß du jetzt irgendwelche voreiligen Schlußfolgerungen ziehst. Mit uns beiden kann es nichts Ernstes werden. Ich habe einen Beruf, der mir sehr viel bedeutet.«

In seiner ganzen nackten männlichen Pracht ausgestreckt, zog er nachlässig eine Augenbraue hoch. »Wenn hier jemand voreilige Schlußfolgerungen zieht, dann du.«

»Was meinst du damit?«

»Habe ich dich um mehr als eine Woche gebeten?«

Seine Bemerkung hätte sie beruhigen sollen, aber das Gegenteil war der Fall. »Nein . . .«

»Was macht dir Sorgen, Melisande? Wirkliche Sorgen.«

Gute Frage, dachte sie. Die Erfahrung, wie wundervoll ein Liebesakt sein konnte, hatte sie erstaunt und ihr ungeahnte Freuden geschenkt, und genau aus diesem Grund hatte sie eine Todesangst. Als sie an jenem dämmrigen Abend vor vier Tagen dieses Haus betreten hatte, war ihr Leben organisiert und unter Kontrolle gewesen. Bis zu diesem Zeitpunkt war sie immer stolz darauf gewesen, in jeder Situation vernünftige und logische Entscheidungen zu treffen.

Aber ihre Entscheidung, mit Cameron zu schlafen, war weder das eine noch das andere gewesen. In jenem Moment hatte sie sich den Wünschen ihres Körpers ausgeliefert.

Der Sex mit Cameron war unglaublich gewesen, aber jetzt war es vorbei, und ein starker Selbsterhaltungstrieb drängte sie, das, was von ihr noch geblieben war, aufzulesen und das Leben, das sie gewohnt war, fortzuführen – bevor ihr dieses Leben vollständig verlorenging.

Cameron verfolgte beklommen, was in ihr vorging und ihr deutlich anzusehen war. Er hatte in den vergangenen Tagen einiges erreicht. Er hatte sie dazu gebracht, sich ein wenig zu entspannen und eine Woche zu bleiben. Sie hatte sogar zwei Nächte hintereinander durchgeschlafen. Und Wunder über Wunder, sie hatten miteinander geschlafen. Um ehrlich zu sein, schon jetzt verlangte er wieder so heftig nach ihr, daß es ihn schmerzte. Aber er wollte mehr von ihr als nur sexuelle Befriedigung. Er wollte, daß sie ihn ebenso liebte, wie er sie liebte.

Es würde nicht leicht sein. Schon in diesem Moment, während er neben ihr lag und sich nach ihr sehnte, versuchte sie, logisch zu verarbeiten, was mit ihnen passiert war, um es dann hinter sich zu lassen. Das konnte er nicht zulassen.

Er rückte näher. »Weißt du was?« wisperte er. »Du denkst so angestrengt nach, daß ich es förmlich in deinem Gehirn klicken höre.«

Ihre ernsthaften Gedanken lösten sich in Luft auf, als sie ins eine blauen Augen sah. »Wirklich? Ich hätte gedacht, all das schreckliche Haar, das ich auf dem Kopf habe, würde das Geräusch dieser Art dämpfen.« Sie hob die Hände und versuchte ihre wilde Haarpracht zu bändigen.

Lächelnd zog er ihre Hände nach unten. »All das schreckliche Haar auf deinem Kopf fasziniert mich.«

»Also für mich ist es ein Ärgernis. Für mich gibt es keinen Tag, an dem meine Haare sitzen.« Sie blinzelte. »Warte mal. Ich versuche gerade, dir zu erklären, daß sich zwischen uns keine ernsthafte Beziehung entwickeln kann, und jetzt reden wir über mein Haar?«

Er schlang eine Locke um seinen Finger. »Entspann dich, Melisande. Hör auf zu kämpfen und genieße den Augenblick.«

»Das werde ich. Das tue ich bereits! Es ist nur so, daß Sex eine Komplikation darstellt, die ich weder brauche noch wünsche, Cameron.«

»Warum ist es für dich eine Komplikation?«

Weil sie mit ihm im Bett lag, nackt, prickelnd vor Lebensfreude und nur von dem Gedanken beherrscht, daß sie mehr wollte. »Weil es garantiert unsere Geschäftsbeziehung beeinflussen wird.«

Er zog die Bettdecke bis zu ihrer Taille herunter. »Na und? Es wird eine gute Art von Beeinflussung sein, die beste.«

Sie schluckte schwer und zupfte erfolglos an der Decke. »Du verstehst mich nicht. Sex mit einem Mann zu haben ist nicht etwas, das ich gewohnheitsmäßig mache.«

»Du ahnst gar nicht, wie froh ich bin, das zu hören.«

Etwas am Ton seiner Stimme ließ sie aufhorchen. Sie sah Cameron an. Hatte er vor, etwas an ihren Gewohnheiten zu ändern.

Ja, das hatte er, wurde ihr klar, als er sie in die Arme nahm und sie zu liebkosen begann . . .

Als Melisande und Cameron endlich dazukamen, etwas zu essen, war es schon Mittagszeit. Danach rief Melisande im Motel an und erfuhr, daß ihre Kleidung eingetroffen war.

Sie legte den Hörer auf und stellte fest, daß Cameron in der Tür zum Salon stand und sie beobachtete. »Ich habe mir etwas zum Anziehen ins Motel schicken lassen. Ich fahre rasch hin, um zu duschen und mich umzuziehen.«

Sein erster Impuls war, sie nicht außer Sichtweite zu lassen. »Was stimmt nicht mit den Sachen, die du anhast?«

»Nichts«, sagte sie trocken, »abgesehen von der Tatsache, daß ich sie so leid bin, daß ich sie wahrscheinlich sofort verbrenne, wenn ich sie vom Leib habe.«

Sein Blick wanderte hungrig über ihren Körper. Die Jeans-Shorts und das T-Shirt ließen ihre Arme und Beine frei. Die Fülle ihres Haares hatte sie halbwegs mit einem Band zusammengefaßt, aber ein paar Locken hatten sich befreit. Unter ihren Augen war nur ein schwacher Anflug der Schatten geblieben. Sie sah hinreißend und unglaublich sexy aus. »Warum bringst du nicht einfach alles her?«

»Du meinst, ich soll für die Woche hier einziehen?« fragte sie.

»Warum nicht? Die Nächte wirst du sowieso hier verbringen.«

Zorn flammte in ihr auf. »Du hast kein Recht, so etwas vorauszusetzen.« Noch in dem Moment, als sie es sagte, wußte sie, daß er recht hatte. Die Art, wie sie auf ihn reagierte, gab ihm jedes Recht zu dieser Bemerkung. Und dieses Wissen trug nicht dazu bei, ihren Zorn zu verringern.

Er hob in einer versöhnlichen Geste die Hände. »Okay, ich hätte es nicht so sagen sollen. Verzeih mir. Aber sag mir eins – willst du wirklich die Nächte im Motel in einem Bett verbringen, in dem du nicht schlafen kannst, wenn du hier bei mir und dem Bett sein könntest, wegen dem du überhaupt erst gekommen bist? Warum solltest du das tun? Allerdings, ich kann nicht versprechen, daß du hier zu sehr viel mehr Schlaf kommen wirst, als du im Motel bekommen würdest.«

Ihr wurde heiß. »Alle werden über uns reden, wenn ich hier einziehe.«

»Ein paar Leute vielleicht, aber was kümmert's dich? Du kennst sie doch gar nicht.«

»Ich nicht, aber du.«

»Und mich schert es überhaupt nicht.«

Sie atmete tief durch. Ihr wurde bewußt, daß sie sich danach sehnte, bei ihm zu bleiben. Tatsächlich war allein der Gedanke, ins Motel zurückzukehren, deprimierend. »Ich werde ein paar Sachen herbringen«, sagte sie vorsichtig. »Aber mein Zimmer im Motel werde ich behalten.« Ihr Motelzimmer repräsentierte einen gewissen Grad an Unabhängigkeit, der ihr sehr wichtig war.

»Fein«, sagte Cameron, mehr als zufrieden. Aber sein erster Gedanke, sie nicht aus den Augen zu lassen, behielt die Oberhand. »Ich werde dich begleiten.«

8

Sorgenfalten auf dem hübschen Gesicht, lehnte sich Phyllis in den Rattansessel zurück. »Falls John glaubt, ein Blumenstrauß reicht aus, um Monate von Vernachlässigung wiedergutzumachen, hat er sich getäuscht.«

Cameron nippte an seinem Kaffee und beobachtete Melisande, die zwischen den Rosensträuchern vor dem Haus herumspazierte. Dann und wann blieb sie stehen, um ein zartes Blütenblatt zu berühren, und er fragte sich, was in ihr vorgehen mochte. Sie hatte sich im Motel umgezogen und trug jetzt ein kurzes türkisfarbenes Baumwollstrickensemble, und sie hatte einen weiteren Versuch unternommen, ihr Haar zu bändigen, indem sie es zurückgestrichen und im Nacken mit einem Schal zusammengebunden hatte. Einige Locken hatten sich bereits befreit, und er drückte insgeheim dem Rest der Haare auch die Daumen.

»Irgendwas mußte John doch machen, Schwesterchen. Seine Anrufe hast du nicht entgegengenommen, und als er vor Lisas Tür stand, hast du ihn nicht ins Haus gelassen.«

»Natürlich nicht. Ich habe ihm jede Menge Chancen

gegeben, bevor ich ausgezogen bin. Das nächste Mal sehen wir uns vor dem Scheidungsrichter wieder.«

Die harten Worte lenkten Camerons Aufmerksamkeit von Melisande ab. »Das ist nicht dein Ernst!«

»Sonst hätte ich es nicht gesagt. Auf wessen Seite bist du eigentlich?«

»Das fragst du noch?«

Sie seufzte und rieb sich die Stirn. »Tut mir leid, Cameron. Ich habe letzte Nacht kaum geschlafen.«

»Das kann ich mir vorstellen, aber falls es dir ein Trost ist, ich wette, daß es John nicht anders geht.«

»Falls es so ist, dann bestimmt nicht meinetwegen. Wahrscheinlich hat er gearbeitet – und zwar mit seiner neuen Sekretärin.«

»Komm schon, Phyllis. Du mußt doch wissen, daß nichts zwischen John und seiner Sekretärin läuft.«

»Muß ich das?«

»Ja, allerdings. Ich bezweifle, ob er in ihr überhaupt eine Frau sieht. Sie ist einfach jemand, der seine Anweisungen wortgetreu ausführt, stimmt's?«

Sie nickte widerstrebend. »Wenn ich wirklich den Verdacht hätte, daß er etwas mit seiner Sekretärin hat, würde ich mich nicht von ihm scheiden lassen, sondern ihn umbringen.«

Cameron grinste. Ob sie es wußte oder nicht, sie liebte ihren Mann immer noch. »Das klingt schon eher nach dir.« Sein Blick wanderte wieder zum Garten. »Melisande«, rief Cameron, »komm, setz dich zu uns. Das Eis in deinem Tee schmilzt schon.«

Melisande hob die Hand, um ihre Augen vor der Sonne abzuschirmen, und spähte unschlüssig zur Veranda. »Bist du sicher?« Obwohl Cameron darauf bestanden hatte, daß sie ihm und seiner Schwester Gesellschaft leistete, war ihr der Gedanke unangenehm gewesen, und sie hatte sich bald entschuldigt und die Rosensträucher begutachtet, damit die beiden ungestört reden konnten.

Phyllis winkte sie mit einer müden Geste zur Veranda. »Kommen Sie ruhig, Melisande. Ich spreche über nichts Besonderes. Nur über meinen Ehemann der Güteklasse A.« Sie schwieg eine Weile. »Oder vielleicht sollte ich lieber sagen, über meinen Fast-Ex-Ehemann«, fügte sie leiser hinzu.

Melisande setzte sich an den Tisch und sah zu Cameron. Seine blauen Augen spiegelten tiefe Sorge, und das ging ihr sehr nahe. Sie zerbrach sich den Kopf darüber, wie sie ihm helfen könnte. »Tut mir leid, Phyllis, aber ich habe zufällig ein paar Worte aufgeschnappt. Haben Sie wirklich von Scheidung gesprochen?«

»Es gibt keine andere Möglichkeit.«

»Das ist nicht wahr, Schwesterchen.«

Melisande konnte sehen, daß Phyllis nicht auf Cameron hören wollte. Aber es gab mehr als einen Weg, etwas zu verkaufen, in diesem Fall die Ehe von Phyllis und John. »Nun, vielleicht ist es doch wahr. Vielleicht ist eine Scheidung die einzige Lösung.« Die Blicke zweier blauer Augenpaare richteten sich auf sie. Sie räusperte sich. »Aber selbst wenn es so ist, müssen Sie mit John sprechen. Es gilt einige Dinge zu regeln, zum Beispiel die Aufteilung Ihrer Besitztümer.«

Cameron beugte sich vor. »Melisande . . .«

Ohne auf seinen warnenden Ton zu achten, fuhr sie fort: »Zum Beispiel müssen Sie sich einig werden, wie das Silber aufgeteilt wird.«

Phyllis' Augen weiteten sich vor Schreck. »Aber das Silber kann man nicht aufteilen! Wir haben das Muster zusammen ausgesucht. Es ist *Grand Baroque*, und wir lieben es beide.«

»Na ja, dann wird er vielleicht sagen, daß Sie es haben können, während er das Geschirr behält.«

Die Falten zwischen Phyllis' Augen vertieften sich. »Aber das Porzellan und das Besteck ergänzen einander ideal. So war es geplant.«

»In diesem Fall könnte einer von Ihnen Silber und Porzellan behalten, und dafür bekommt der andere . . . sagen wir, die Schlafzimmer- oder sogar die Wohnzimmereinrichtung.«

Phyllis schüttelte den Kopf. »Wir haben alles zusammen ausgesucht, unser Haus geplant, die Einrichtung, unsere Zukunft. Wir wollten Kinder haben . . .«

Melisande warf einen verstohlenen Blick auf Cameron. Er hatte sich wieder zurückgelehnt und beobachtete sie interessiert. »Hören Sie, Phyllis, Sie dürfen eine Scheidung nicht als Ende, sondern als Anfang sehen. Sie werden auf eigenen Beinen stehen und Ihr Leben genauso führen, wie es Ihnen gefällt. Sie müssen nur aufpassen, denselben Fehler nicht noch einmal zu machen. Bleiben Sie allein, und leben Sie Ihr eigenes Leben.«

»Allein?«

»Unbedingt. Schauen Sie, es ist doch so.« Ihr Ton wurde vertraulich. »Ein Mann ist wie ein Honigtopf. Er mag süß und verlockend aussehen, aber denken Sie dran, sowie Sie einmal gekostet haben, bleiben Sie kleben.«

Phyllis blinzelte. Camerons Augen wurden schmal.

Vielleicht, dachte Melisande, war es an der Zeit, eine andere Strategie einzusetzen. »Sie und Ihr Mann sehen einander nicht sehr oft.«

»Nein, er arbeitet sehr viel«, erwiderte Phyllis. »Vielleicht benutzt er seine Arbeit als Ausrede, um mir aus dem Weg zu gehen.«

Cameron beugte sich vor und legte seine Hand auf die seiner Schwester. »Komm, du weißt, daß das nicht stimmt.«

»Woher soll ich das wissen?« Einen Moment sah es so aus, als würde sie in Tränen ausbrechen.

Der hilflose Ausdruck auf Camerons Gesicht drängte Melisande zu sagen: »Er hätte Ihnen keine Blumen geschickt, wenn es so wäre.«

»Das verstehen Sie nicht. Er hat Blumen geschickt, weil es sich so gehört und weil man so etwas von ihm erwartet. Er hat mir auch zu jedem Hochzeitstag Blumen geschickt, aber das war kein großer Aufwand für ihn. Er brauchte nur seine Sekretärin zu bitten, die Bestellung aufzugeben.«

»War eine Karte bei den Blumen, die Sie jetzt bekommen haben, eine persönliche Nachricht?«

Phyllis winkte ab. »Er hat mich gebeten, mit ihm zu Abend zu essen, aber unser Problem hat sich monatelang abgezeichnet. Ein Strauß Blumen und eine Einladung zum Dinner werden nichts daran ändern.«

»Was dann?«

Phyllis' Miene wurde ein wenig weicher. »Ich weiß es nicht.«

Cameron drückte ihr tröstend die Hand. »Mit ihm essen zu gehen, wäre immerhin ein Anfang, Schwesterchen. Wenn nichts sonst, hättest du zumindest die Gelegenheit, ihm zu sagen, wie du dich all diese Monate gefühlt hast. Du hast dich darüber beklagt, daß er dir nie zuhört. Jetzt wird er es tun.«

»Ich bin mir nicht sicher, ob Reden und Zuhören uns

noch weiterhilft. Irgendwie haben wir im Lauf der Zeit vergessen, wie man das macht.«

»Sie können es wieder lernen. Und ein Essen würde ihm die Chance geben, seine Sicht der Dinge zu schildern«, fügte Melisande hinzu, während sie sich insgeheim fragte, wie ausgerechnet sie dazu kam, die Rolle des Eheberaters zu übernehmen. Niemand in der Geschichte der Menschheit war dazu weniger geeignet als sie.

»Er hat keine Sicht der Dinge«, erwiderte Phyllis bitter.

Melisande litt mit ihr. Sie hatte die Liebe zwischen Mann und Frau nie kennengelernt und konnte sich nur vorstellen, wie sehr es schmerzt, das Ende einer solchen Liebe zu erleben. »Ich kenne Ihren Mann nicht, aber er scheint zu den Menschen zu gehören, die ihre Arbeit so sehr lieben, daß sie sich kaum bremsen können.« Sie sprach von anderen, hätte aber genausogut sich selbst meinen können. »Da gibt es diesen unglaublichen inneren Zwang, etwas zu beweisen, und dieser Zwang hört nie auf.« Sie spähte verstohlen zu Cameron und stellte fest, daß sie seine ungeteilte Aufmerksamkeit besaß. Seinen Blick auf sich gerichtet zu spüren bereitete ihr Unbehagen, aber in diesem Moment ging es um Phyllis.

»Was versuchen sie denn zu beweisen?«

Melisande zuckte die Achseln. »Manchmal geht es ihnen nur darum, sich selbst zu beweisen, daß sie in der Lage sind, Erfolg zu haben.«

»Aber John war immer erfolgreich. Er ist einer von Alabamas anerkanntesten Anwälten.«

Melisande wußte nicht recht, was sie noch sagen sollte. Ihre Erklärung kam ihr vernünftig vor, aber sie erkannte, daß sie Phyllis nicht die Bestätigung gegeben hatte, die sie brauchte. Etwas hatte ihre kleine Rede allerdings erreicht.

Sie selbst hatte Klarheit gewonnen. Ihr Glaube, daß ein Leben als Single die einzige Alternative für Leute wie sie wären, hatte sich bestätigt. Mit ihren eigenen Worten hatte sie sich zu einem Leben ohne dauerhafte Liebesbeziehung verdammt.

In diesem Moment klingelte das Telefon. Cameron entschuldigte sich und ging ins Haus.

Melisande und Phyllis hörten seine Stimme durch die Gittertür.

»Hallo? Ja, Elizabeth?« In seiner Stimme lag mehr als nur ein Anflug von Ungeduld. »Nein. Wie ich dir gestern bereits sagte, habe ich keine Zeit . . . Tut mir leid, aber ich bin nicht interssiert . . .«

Melisande empfand fast schon wieder so etwas wie Mitleid für Elizabeth.

Phyllis, die ihrem Bruder auch zugehört hatte, stieß einen Seufzer aus. »Ich hätte mich nie in Camerons Leben einmischen sollen. Ich dachte, er würde jemanden brauchen, und dann« – sie zuckte mit einem leicht verwirrten Ausdruck in den Augen die Achseln – »sind Sie aufgetaucht, aus heiterem Himmel.«

Melisande gönnte ihr ein knappes Lächeln. »Machen Sie sich deshalb keine Gedanken. In ein paar Tagen werde ich wieder verschwinden, und ich bin sicher, daß er sich dann für eine Ihrer Freundinnen interessieren wird.« Mit ihrem Versuch, Phyllis aufzumuntern, war es ihr gelungen, sich selber total zu deprimieren.

Phyllis lehnte sich vor. »Bitte nehmen Sie mir nicht übel, was ich gesagt habe. Ich will, daß Cameron glücklich wird. Es ist das einzige, was ich immer gewollt habe. Und wenn Sie diejenige sind, die er will . . .«

»Will er nicht. Zumindest nicht in Form einer langfristigen Beziehung, wie sie Ihnen vorschwebt.«

»Ich bin mir nicht so sicher.«

»Ich schon.« Warum empfand sie bei diesen Worten solchen Schmerz? Zuerst glaubte Melisande, sie müßte ihre Tabletten nehmen, aber dann wurde ihr bewußt, daß es nicht ihr Magen war, der weh tat. »Für Sie und Cameron wird alles gut werden, Phyllis. Sie werden beide glücklich werden, glauben Sie mir. Aber Sie müssen John noch eine Chance geben. Gehen Sie heute abend mit ihm Essen. Reden Sie mit ihm. Manchmal geht man so im Alltag auf, daß man aus den Augen verliert, was einem wirklich wichtig ist.«

»Danke, daß du mit Phyllis geredet hast«, sagte Cameron. Er hatte Phyllis hinausbegleitet und Melisande danach im großen Salon vorgefunden, wo sie im Schneidersitz auf dem Fußboden kauerte und in den Schachteln mit Stoffmustern wühlte.

»Das war keine große Sache.« Sie wünschte, er würde gehen. Sie wollte weder ihn noch irgend jemanden sonst in der Nähe haben. Der Schmerz, der sie bei ihrem Gespräch mit Phyllis befallen hatte, nagte immer noch an ihr und versetzte sie in schlechte Laune.

»Doch, war es. Es war sehr nett von dir, ihr zu helfen.«

»Ich weiß nicht recht, ob ich irgendwie von Nutzen war.«

»Ich denke schon«, sagte Cameron. »Zumindest hat Phyllis sich bereit erklärt, darüber nachzudenken, heute abend mit John auszugehen. Vorher war sie eisern entschlossen, es auf keinen Fall zu tun.« Er machte eine Pause. »Glaubst du wirklich, was du gesagt hast? Daß man manchmal so im Alltag aufgeht, daß man den Blick für die wichtigen Dinge im Leben verliert?«

»Sicher. Ich glaube, so etwas kann leicht passieren.«

»Ist es dir je passiert?«

Sie schüttelte den Kopf. »Ich behalte immer vor Augen, was wichtig ist.«

»Zum Beispiel?«

Sie musterte stirnrunzelnd ein Stück Stoff. »Meine Karriere.« Sie war der Typ Mensch, über den sie mit Phyllis gesprochen hatte. Sie, Melisande, würde nie in der Lage sein, sich zu verlieben und ein Heim und eine Familie zu haben wie normale Menschen. Sie wußte nicht im geringsten, wie sie es anstellen sollte, Gleichgewicht in ihr Leben zu bringen und Zugeständnisse an einen anderen zu machen. Und erst jetzt wurde ihr allmählich bewußt, wie traurig das war.

»War das immer so?«

»Immer«, antwortete sie fest.

»Wie lange ist das?«

Die Frage ergab keinen Sinn, und Melisande sah verwirrt zu ihm auf. »Du fragst mich, wie lange ›immer‹ ist?«

»Ich frage dich, wie lange für dich deine Karriere das wichtigste ist. Seit deiner Geburt?«

»Nein, das nicht . . .«

»Wie lange dann?«

Sie spürte, wie sich Ungeduld in ihr breitmachte. »Was für einen Unterschied macht das, Cameron?«

»Keinen. Also sag's mir.« Sein Blick wanderte zu ihrem Kinn, wo ein Muskel zuckte, als sie unwillkürlich die Zähne zusammenbiß, und kehrte dann zu ihren Augen zurück.

»Ich weiß nicht, ob ich mich an den exakten Moment erinnere.«

Warum ist er so hartnäckig? fragte sie sich irritiert. Sie

kehrte ihm absichtlich den Rücken zu und begann, in einer Schachtel mit Farbkarten zu stöbern. »Ich war jung. Sehr jung.«

Sie verstummte, und einen Moment lang glaubte er, sie würde nichts mehr sagen. Dann aber fuhr sie fort: »Ich verbrachte sechs Wochen hier, als ich acht war, aber eigentlich hätte ich den ganzen Sommer hier verbringen sollen. Meine Mutter war krank, und Tante Sarah wollte sie entlasten.« Sie machte eine Pause und schluckte. »Eines Tages ging Tante Sarah mich suchen. Ich war unten am Fluß beim Spielen. Sie sagte mir, mein Dad hätte angerufen, um ihr zu sagen, ich solle früher nach Hause kommen. Es tat mir leid, Tante Sarah zu verlassen, aber ich freute mich darauf, nach Hause zu fahren. Ich dachte, Dads Anruf würde bedeuten, daß er und Mom mich vermißt hätten. Jedenfalls setzte Tante Sarah mich noch am selben Tag in den Bus. Wir lebten damals im Norden Alabamas . . .«

»Was ist dann passiert?« Er hatte den Raum durchquert und stand jetzt so, daß er ihr Gesicht sehen konnte. Sie wirkte so verletzlich und gequält, daß er das Gefühl hatte, einen Schlag in den Bauch bekommen zu haben.

Sie starrte in die Schachtel, ohne etwas zu sehen. »Als ich nach Hause kam, sagte mein Dad mir, daß meine Mutter gestorben wäre. An diesem Tag tröstete er mich, aber gleich nach der Beerdigung fing er an zu trinken, und er hörte nicht auf, bis er ungefähr zehn Jahre später starb.«

»Es tut mir so leid, Melisande.« Er meinte es ernst. Er litt so sehr, als könnte er den Schmerz des kleinen Mädchens fühlen, das sie damals gewesen war. »Es klingt so, als hättest du dich praktisch selbst großziehen müssen.«

Sie griff nach einer Handvoll Farbkarten und ließ sie durch ihre Finger gleiten. »Ich habe versucht, ihm zu helfen. Ich habe mir wirklich Mühe gegeben, aber er wollte keine Hilfe. Ich habe es nie aufgegeben, aber er hatte sich selbst aufgegeben.«

»Es muß ein sehr einsames Leben für dich gewesen sein.«

Wieder zuckte ein Muskel an ihrem Kinn, aber sie bestätigte seine Vermutung nicht, widersprach aber genausowenig. »Ich war beschäftigt. Ich konzentrierte mich auf die Zukunft und tat alles, um die Möglichkeit zu bekommen, diese Stadt sobald wie möglich zu verlassen und mein eigenes Leben zu führen.«

»Hattest du ein Stipendium für das College?«

Sie nickte. »Und als mein Vater starb, verließ ich die Stadt und schaute nie wieder zurück. Was hältst du von dieser Farbe?« Sie hielt ein blaßrosafarbenes Stoffmuster hoch.

Er nahm kaum zur Notiz, daß sie etwas in der Hand hielt, so sehr konzentrierte er sich auf sie und das, was sie gesagt hatte. »Du bist einen langen Weg gegangen, Melisande. Du solltest stolz auf dich sein.«

»Stolz?« Das Wort kam ihr eigenartig vor. Sie sah zu ihm auf und war überrascht, daß er so nah bei ihr stand.

»Du hast eine Menge erreicht. Findest du nicht, daß du dein Tempo jetzt ein bißchen verlangsamen könntest?«

Ihre Brust schnürte sich zusammen, und sie zwang sich, ihre Aufmerksamkeit wieder den Farbmustern zuzuwenden. »Das kann ich nicht. Ich könnte alles verlieren, wofür ich so hart gearbeitet habe.«

»Was du erreicht hast, kannst du nicht verlieren.«

Er hatte in gewisser Weise recht, aber sie wollte nicht mehr über sich selbst reden. Sie hatte ihm Dinge erzählt, die selbst Menschen, die sie seit Jahren kannten, nicht wußten. Wieder hielt sie die Musterkarte hoch. »Du hast mir noch nicht gesagt, was du von dieser Farbe hältst.«

»Sehr schön.« Er hockte sich neben ihr auf die Fersen. »Melisande, hast du noch nie davon gehört, daß man nicht immer ›entweder-oder‹ sagen muß? Es geht nämlich auch anders, weißt du. Du kannst einen Beruf haben und ein anderes Leben. Eine Familie. Es ist nur eine Frage, sich seine Zeit anders einzuteilen.«

Eine Szene stand plötzlich vor ihrem geistigen Auge: Sie selbst, wie sie gerade von der Arbeit nach Hause kam und von lachenden Kindern begrüßt wurde. Und hinter ihnen stand ihr Mann und lächelte sie liebevoll an. Cameron. Sie schüttelte stumm den Kopf.

»Wovor hast du Angst, Melisande? Einen Teil deiner selbst zu verlieren? Das würdest du nicht; du würdest etwas hinzugewinnen.«

Melisande schluckte hart. »Ich weiß nicht recht, worauf du hinauswillst«, sagte sie vorsichtig. »Warum dieses plötzliche Interesse an meinem Leben?«

Der Drang, ihr zu sagen, daß er sie liebte, wuchs von Minute zu Minute, aber Cameron wußte, daß sie noch nicht bereit war, es zu hören. Er strich leicht mit den Fingern über ihre Lippen. »Eine schlechte Angewohnheit von mir. Sowie ich eine Frau in mein Bett bekomme, neige ich dazu, ihr Leben zu organisieren.«

Sie stellte fest, daß ihr die Vorstellung nicht gefiel, daß andere Frauen mit ihm das Bett geteilt hatten, ganz und gar nicht. »Verstehe. Und wie viele Frauen haben den Weg in dein Bett gefunden?«

Seine Lippen verzogen sich zu einem unwiderstehlichen Lächeln. »Bis jetzt nur eine.«

Sie glaubte ihm keine Sekunde, aber sie fühlte sich trotzdem besser. »Und wie hast du dich bei der

Organisation ihres Lebens angestellt? Warst du erfolgreich?«

»Bis jetzt noch nicht so sehr.«

»Tja, man kann nicht jedesmal gewinnen.«

Er beugte sich vor und berührte ihren Mund leicht mit seinem. »Wie wäre es mit diesem einen Mal?«

Ein Prickeln durchlief sie. Sie lachte leise. »Keine Chance.« Sie legte beide Händen auf seine Schultern und schob ihn von sich. »Würdest du mir jetzt bitte deine Aufmerksamkeit schenken?«

»Die hast du schon die ganze Zeit«, entgegnete er.

»Vielleicht, aber an den falschen Stellen.«

»Soweit ich es beurteilen kann, gibt es an dir keine falschen Stellen.«

Wenn er mit ihr flirtete, war das fast ihr Untergang. »Versuch, dich zu konzentrieren, Cameron. Ich würde dir gern mitteilen, was ich für die Einrichtung und Gestaltung des Hauses entschieden habe. Bist du interessiert?«

»Solange du nicht weiter als eine Armlänge von mir entfernt bist, bin ich interessiert.«

So schwer es ihr auch fiel, sie ignorierte seinen Kommentar. »Ich denke, der Schlüssel zur Farbgebung des Hauses sollten Tante Sarahs Rosen sein. Du kannst aus keinem Fenster schauen, ob vorn oder hinten, ohne sie zu sehen. Sie sind überall, und sie sind wunderschön. Warum holen wir ihre Farben nicht ins Haus? Wir könnten die zartesten und blassesten Farbtöne als Hintergrund verwenden und die kräftigeren zur Akzentuierung. Mit anderen Worten, wir nehmen zarte Rosatöne, reines Weiß und Blaßgelb. Wir könnten uns sogar an die lavendelblauen Töne im hinteren Teil des Gartens und die lachsfarbenen heranwagen. Was meinst du?«

»Ich finde deine Idee brillant.«

»Wirklich?«

»Wirklich.«

»Und du bist einverstanden? Schau mal . . .« Sie drehte sich um und zog ein purpurrotes Stoffmuster aus der Schachtel. »Diese Farbe würden wir zum Beispiel verwenden, um Akzente zu setzen.«

»Ich bin einverstanden. Voll und ganz. Können wir jetzt über etwas anderes reden?«

»Aber wir müssen eine Menge Entscheidungen treffen. Die Entscheidung über die allgemeine Farbgebung war nur der Anfang. Jetzt müssen wir Muster und Materialien aussuchen und . . .«

Er streckte die Arme aus und zog Melisande auf seinen Schoß. »Das können wir auch später machen, oder?«

Verlangen brannte in der Tiefe seiner blauen Augen, und ihr Entschluß, Dekorvorschläge zu erörtern, löste sich in Luft auf. »Absolut«, flüsterte sie.

Sie küßten sich, und Cameron zog sie mit sich auf den Boden, wo sie einander inmitten von Farb-, Stoff- und Dekormustern liebten.

9

George Whitmarks Mund verzog sich zu einem Lächeln, als er Melisande aus ihrem Wagen steigen sah. »Na, da sind Sie ja wieder. In den letzten Tagen habe ich kaum was von Ihnen zu sehen bekommen.«

Melisande, die mittlerweile wußte, daß seine Bemerkung nicht anzüglich, sondern nur freundlich gemeint war, erwiderte sein Lächeln. »Ja, ich weiß. Ich hatte viel zu tun.«

Er nickte verständnisvoll. »Wenn Sie mich fragen, haben die Leute heutzutage zuviel zu tun. Nehmen sich keine Zeit mehr, das Leben zu genießen.«

»Sie haben völlig recht.« Zum Zeitpunkt ihrer Ankunft in Lacy hätte sie kaum mit dem älteren Mann übereingestimmt, aber die vergangene Woche hatte ihr eine Welt von Genüssen erschlossen, die mit Arbeit nichts zu tun hatten. Die Zeit war nur so verflogen, während sie fast nichts anderes getan hatte, als glücklich zu sein. Ab dem dritten Tag der Woche hatte Melisande ganz aufgehört, ihr Büro anzurufen. Sie war nicht imstande gewesen zu atmen, ohne Camerons Duft zu inhalieren, hatte sich nicht rühren können, ohne ihn an ihrer Seite zu haben, hatte nicht schlafen können, wenn er nicht neben ihr lag. Sie hatte jeden Widerstand aufgegeben und sich von ihm mitreißen lassen. Sie hatte akzeptiert, was mit ihr passierte, ohne zu versuchen, es zu analysieren.

»Ihr Aufenthalt hier bei uns ist fast zu Ende, nicht?«

Sie hatte sich krampfhaft bemüht, nicht daran zu denken, wie schnell die Zeit verging, aber heute war sie da, ihre letzte Nacht in Lacy. Und jedesmal, wenn Melisande daran dachte, war ihr zum Weinen zumute. »Ja, ist er.«

»Tut mir wirklich leid, daß Sie schon fahren. War nett, Sie hier zu haben. Ein bißchen Gesellschaft tut ab und an gut, deshalb poliere ich hier alles ein wenig auf. Ich hoffe, daß dann mehr Gäste kommen. Übrigens, ich habe Ihren Rat angenommen« – er hielt den blau getränkten Farbpinsel hoch – »und vier Apartments werden blau gestrichen.«

»Das freut mich. Sie werden es bestimmt nicht bereuen.

Ich komme mich morgen noch von Ihnen verabschieden, bevor ich fahre.«

In ihrem Zimmer schob sie die Fenster hoch und stellte das Radio an. Cameron war zwar überrascht gewesen, aber sie hatte darauf bestanden, sich für den Wohltätigkeitsball im Motel umzuziehen.

Und sie brauchte dringend etwas Zeit für sich, um wieder zu Atem zu kommen und sich für ihren unvermeidlichen Abschied am nächsten Tag zu wappnen. Außerdem wollte sie so gut wie möglich an ihrem letzten gemeinsamen Abend aussehen.

Sie ließ die Badezimmertür offen und nahm ein langes, ausgiebiges Bad. Die leise Musik, der Duft des Badeschaums und das warme Wasser drangen bis in ihre Poren und entspannten sie. Zu ihrer großen Überraschung hatte sie es in der vergangenen Woche gelernt, lange Bäder zu genießen, vor allem, dachte sie mit einem heimlichen Lächeln, wenn Cameron mit ihr in der Wanne saß.

Schließlich stieg sie aus der Wanne, trocknete sich ab und strich Gel auf ihr Haar. Dann, als sie nachschauen wollte, wie spät es war, stellte sie fest, daß sie ihre Uhr nicht trug. Sie starrte auf ihr Handgelenk und versuchte sich zu erinnern, wo sie ihre Uhr gelassen oder wann sie zum letztenmal gesehen hatte. Es gelang ihr nicht. Eine weitere Veränderung, die Cameron bei ihr bewirkt hatte. Aber sie zweifelte nicht daran, daß ihre Uhr wieder ein unverzichtbarer Bestandteil ihres Lebens werden würde, sowie sie nach Dallas zurückgekehrt war.

Ihr war das Herz schwer bei dem Gedanken an ihre Rückkehr nach Dallas, als sie sich für den Abend zurechtmachte. Sie trug ein leichtes Make-up auf, froh darüber, daß sie keinen Abdeckstift mehr benötigte, um die Schatten unter ihren Augen zu verbergen. Sie waren vollständig verschwunden.

Sie tuschte ihre Wimpern dunkel und vervollständigte ihr Make-up mit Rouge und Lidschatten. Während ihr Haar trocknete, setzte sie sich auf die Stufen vor der Eingangstür und lackierte Fuß- und Zehennägel sorgfältig in einem blaßrosa Farbton. Der gesamte Vorgang, sich selbst soviel Zeit zu widmen – für sie ganz untypisch –, um sich auf einen Abend mit Cameron vorzubereiten, trug dazu bei, daß ihre Stimmung sich ein wenig hob. Es war eine Zeit, die man auskosten mußte, eine Zeit, die für zukünftige Erinnerungen bewahrt werden mußte, eine Zeit, um die alles umfassende Trauer auf Abstand zu halten, die unweigerlich kommen würde, sowie sie Lacy und Cameron hinter sich gelassen hatte.

Als sie das Kleid, das sie auf dem Ball tragen wollte, aus dem Schrank nahm, beglückwünschte sie insgeheim wieder einmal Noelle zu ihrem ausgezeichneten Geschmack. Das Kleid war weiß mit einem weiten Rock und einem enganliegenden Oberteil. Melisande zog es an und zupfte sorgsam die golden paspelierten Träger, die sich im Rücken dreifach überkreuzten, und den glänzenden goldfarbenen Petticoat zurecht, dessen Rüschen unter dem wippenden Rock hervorlugten. Sie schlüpfte gerade rechtzeitig in ein Paar hochhackige goldene Riemchenschuhe, um Cameron hereinzulassen, nachdem er an die Tür geklopft hatte.

Eine Weile betrachtete er sie schweigend. »Du siehst atemberaubend aus. Aber glaubst du ernsthaft, ich könnte dich aus dem Zimmer lassen, ohne vorher mit dir ins Bett zu gehen?«

Sie hatte ein ähnliches Problem mit ihm. Er sah verboten gut aus in seinem schwarzen Abendanzug mit einem gestärkten weißen Hemd und einer eleganten Designerkrawatte. »Du siehst auch phantastisch aus.« So phantastisch, dachte sie trocken, daß es mir völlig egal wäre, was mit dem Kleid passieren würde, wenn du mich jetzt in die Arme nimmst, um mich zu lieben.

»Und du siehst aus wie etwas, das ich den ganzen Abend nicht aus den Augen lassen möchte.«

Sie lächelte glücklich. »Ich habe beschlossen, heute abend alle Register zu ziehen, da es an diesem Ort vermutlich von schönen Frauen mit glattem Haar nur so wimmeln wird.«

Er schüttelte den Kopf. »Wer hat dir bloß eingeredet, glattes Haar wäre schöner als lockiges?«

»Cameron, mein Haar ist nicht nur lockig, es ist total wirr und nicht zu zähmen.«

Er lachte. »Wie dem auch sei, mir gefällt es.«

»Das sagst du nur so«, murmelte sie, »aber trotzdem, danke.«

Er streckte die Arme aus und zog sie an sich. »Soll ich dich davon überzeugen, daß ich es nicht nur so sage?«

Liebend gern, dachte sie. »Wir haben keine Zeit«, sagte sie jedoch laut. »Ich habe meine Uhr verlegt, aber wir müssen ohnehin schon spät dran sein.«

»Wir müssen dort nicht hin, Melisande.«

»Ich fürchte doch. Ich habe Phyllis versprochen, dich auf den Ball zu schaffen. Sie scheint deine Anwesenheit für sehr wichtig zu halten, und außerdem glaube ich, daß sie uns zur moralischen Unterstützung braucht. Sie und John haben eine Verabredung für den Ball, und Phyllis ist nervös.« Laut Phyllis hatte John angesichts der Gefahr, sie zu verlieren, seine Arbeitswut schnell unter Kontrolle gebracht und seine Prioritäten neu gesetzt. Dieser Abend war ein großes Ereignis für die beiden. Phyllis hatte versprochen, am nächsten Tag wieder bei ihm einzuziehen.

Cameron schnitt eine Grimasse, aber ein Lachen lag in seinen Augen. »Wem sagst du das! Sie ist aufgeregt wie ein Teenager. Damals mußte ich oft Händchen halten, aber ich finde, daß sie heute eigentlich selbst alt genug ist.«

Sie legte die Hände auf seine Brust. »Ach, und du warst wohl nie nervös wegen einer Verabredung?«

»Nervös? Na ja, wegen heute abend war ich ein bißchen nervös. Es hat mir gar nicht gefallen, dich allein hierher fahren zu lassen. Ich hatte immer wieder die Vision, herzukommen und dich nicht mehr anzutreffen.«

Sie spielte mit einem der Knöpfe an seinem Hemd. »Sind dir schon öfter Frauen still und heimlich weggelaufen?«

Er fluchte leise. »Wie oft soll ich es dir noch sagen? Es gab und gibt nur eine Frau in meinem Leben – dich.«

Nur diesen einen Abend, ihrem letzten gemeinsamen Abend, wollte sie ihm glauben.

»Freizeitzentrum Lacy?« Melisande las den Namen des Gebäudes, als Cameron auf den geräumigen Parkplatz bog. »Ein schönes Gebäude.«

»Es ist ganz neu. Genau gesagt, ist der Ball das erste offizielle Ereignis, das hier stattfindet.«

Während sie die eleganten Formen der Glas- und Backsteinkonstruktion betrachtete, ertappte sie sich plötzlich bei dem Wunsch, sie und Cameron wären wieder bei ihm zu Hause, sie beide ganz allein. Morgen würde er ihr seine Entscheidung bezüglich des Betts mitteilen, und dann würde sie in ihr Auto steigen und nach Dallas zurückfahren und ihn nie wiedersehen. Sie wollte, nein, mußte mit ihm allein sein.

»Wir müssen nicht lange bleiben«, sagte er leise. »Im Grunde genommen können wir sofort wieder fahren. Du brauchst es nur zu sagen.«

Sie lächelte. »Du hast schon wieder meine Gedanken gelesen.«

»Nein. Ich habe nur meine Gedanken ausgesprochen.«

Sie atmete tief durch und zwang sich, der Versuchung zu widerstehen, tatsächlich kehrtzumachen. »Du mußt Phyllis zuliebe hingehen, und ich freue mich schon auf den Ball.« Der letzte Teil war eine Lüge, aber Melisande öffnete die Wagentür und stieg aus. »Laß uns gehen.«

Sie hatten kaum den Eingang erreicht, als Elizabeth vor ihnen auftauchte, aufsehenerregend und elegant in einem enganliegenden schwarzen Kleid. Mit einem vertraulichen Lächeln auf den Lippen, richtete sie den Blick auf Cameron. »Ich bin so froh, daß du es geschafft hast, heute abend zu kommen. Ich hatte schon Angst, es gelingt dir nicht, dich von all deiner Arbeit freizumachen.«

Er zog Melisande demonstrativ an seine Seite. »Du erinnerst dich doch noch an Melisande?«

Obwohl ihr Lächeln nicht ins Wanken geriet, verlor es jede Wärme, als sie sich Melisande zuwandte. »Hallo. Sie sind immer noch in der Stadt? Ich dachte, Sie wären nur auf der Durchreise.«

Cameron antwortete, bevor Melisande eine Erwiderung formulieren konnte. »Ich konnte sie überreden, ihren Aufenthalt auszudehnen.«

»Wie nett . . .«

Melisande stieß im Geist einen Seufzer aus. Wieder einmal tauchte das Wörtchen ›nett‹ auf, diesmal mit der Bedeutung ›schrecklich, grauenhaft, katastrophal‹.

Elizabeth musterte Melisande abschätzend. »Was für ein . . . interessantes Kleid. Sagen Sie, Melisande, haben Sie je daran gedacht, wegen Ihrer Sommersprossen Zitronensaft zu verwenden? Sie würden nicht ganz verschwinden, aber zumindest ein wenig verblassen, und das würde Ihre Gesamterscheinung ungemein verbessern.«

Wieder antwortete Cameron für Melisande. »Melisande ist viel zu klug, um so etwas Dummes zu tun, Elizabeth. Sie weiß, wie sehr ich ihre Sommersprossen liebe.«

Elizabeths makellose Haut büßte einiges an Farbe ein. »Tatsächlich?«

»Jedesmal, wenn ich sie ansehe, gerate ich in Versuchung, sie zu zählen, alle.« Er lächelte freundlich. »Einen schönen Abend, Elizabeth.« Er nahm Melisande bei der Hand und führte sie durch die Eingangshalle in den großen, stimmungsvoll beleuchteten Festsaal, wo ein Orchester spielte und sich bereits eine stattliche Menschenmenge auf der Tanzfläche drängte.

Als sie sich unter die tanzenden Paare mischten, legte Melisande den Kopf zurück und sah zu Cameron auf, knapp davor, in Lachen auszubrechen. »Cameron, das hättest du nicht sagen sollen.«

»Warum nicht? Die Frau ist unmöglich. Außerdem ist es wahr.« Er hob eine Hand und strich mit den Fingerspitzen über die hellen Sommersprossen auf ihrer Wange. »Ich bin ganz wild darauf, jede einzelne Sommersprosse auf deinem Körper zu küssen.«

Eine lähmende Schwäche befiel sie bei der Vorstellung, wie das sein würde, und sie vergaß Elizabeth sofort. »Danke.«

Er schob eine Hand unter die Träger in ihrem Rücken und preßte sie auf ihre nackte Haut. »Wofür?« fragte er rauh, seinen Mund ganz nah an ihrem Ohr. »Dafür, daß ich dich will? Dafür, daß ich die Wahrheit sage? Dafür, daß ich Elizabeth keine geklebt habe? Glaub mir, wenn sie ein Mann wäre, hätte ich es getan.«

»Du solltest deine Hand nicht unter meine Träger legen. Es sieht aus, als ob . . .«

»Als ob ich die Hände nicht von dir lassen könnte? Das ist wahr.«

Hoch über ihren Köpfen drehte sich eine mit Spiegelstückchen besetzte Kugel. Funkelnde Lichtreflexe blitzten über ihnen auf, während sie sich langsam zur Musik bewegten. In Camerons Armen entspannte Melisande sich. Sie sah in das Blau seiner Augen und kämpfte gegen das Verlangen an, in ihnen zu ertrinken. »Danke, daß du mich überredet hast, diese eine Woche zu bleiben. Es war eine wundervolle Zeit.«

»Dann bleib den Sommer über.«

Traurig lächelnd schüttelte sie den Kopf. »Vergiß es. Es ist einfach nicht möglich.«

»Das hast du vor einer Woche auch schon gesagt.« Er zog sie so eng an sich, daß sich ihre Brüste an seinem Oberkörper preßten und sie unverkennbar sein Verlangen spüren konnte.

Sie atmete tief ein, um den Duft seiner Haut einzusaugen. Ihr wurde leicht schwindlig. »Ich kann nicht bleiben.«

»Na schön, dann will ich dir nicht weiter zusetzen.«

Trotz allem, was sie gerade gesagt hatte, ertappte sie sich bei dem Wunsch, er möge ihr nicht zustimmen, ihr statt dessen Versprechungen machen und die verwegensten Dinge ins Ohr flüstern, um sie zum Bleiben zu bewegen. Aber er respektierte ihre Wünsche.

Die vergangene Woche war sie wie verzaubert gewesen, hatte eine langsamere Gangart eingelegt, regelmäßig gegessen und geschlafen, ein Leben voller Lachen und Liebe genossen . . . Selbst die Aussicht, das Bett zu bekommen, hatte an Bedeutung verloren. Aber jetzt, wurde ihr bewußt, mußte sie irgendwie den Zauber brechen, falls sie je imstande sein wollte, sich in ihren Wagen zu setzen und abzufahren.

Seine Finger strichen über ihren Rücken und versengten ihre Haut. Sie mußte ein Stöhnen unterdrücken. Er hatte keine Ahnung, was er anrichtete, aber wenn sie ihre Gefühle nicht schnell in den Griff bekam, würde sie hier auf der Tanzfläche, vor den Augen aller ehrenwerten Bürger von Lacy, jede Beherrschung verlieren. Um sich abzulenken, ließ sie den Blick über die Menge wandern. »Wo mag Phyllis sein?«

»Keine Angst, sie wird uns schon finden.«

Sie waren am äußersten Rand der Tanzfläche, und ihr fiel eine zierliche, puppenhafte Frau auf, die bei einer Gruppe von Leuten stand. Ihre Aufmerksamkeit war auf Cameron gerichtet. »Da drüben steht eine Frau, die anscheinend nicht die Augen von dir lassen kann.«

Er warf einen flüchtigen Blick auf die Frau, die Melisande meinte. »Das ist Mary Ann.«

»Die Anwältin, von der du glaubst, sie würde beim Anblick einer Maus kreischen, und die einen himmlischen Nußkuchen macht?«

»Genau die.«

»Sie ist sehr hübsch.«

»Mhm.«

Seine Finger streichelten ihren Rücken, ließen ihr heiß werden und lösten ein schmerzhaftes Ziehen zwischen ihren Schenkeln aus. Es war ein Zustand, an den sie sich gewöhnt hatte, ein Zustand, den sie liebte. »Du meinst, du bist nicht im geringsten interessiert?«

Er neigte den Kopf und sah sie an. »Wie könnte ich an einer anderen Frau interessiert sein, wenn ich dich in den Armen halte?«

»Morgen abend wirst du mich nicht mehr in den Armen halten.« Sie fühlte sich verpflichtet, darauf hinzuweisen, zahlte dafür aber mit einem vagen Schmerz in ihrem Magen.

Er lächelte sie an. »Du bist wunderschön.«

Der Schmerz verschwand. »Ich würde dich gern bitten, aufzuhören, so etwas zu sagen, aber irgendwie finde ich nicht die rechte Kraft dazu.« Er lachte leise, und sie sah wieder zu Mary Ann. »Sie beäugt dich, als wäre sie nahe daran zu verhungern und du wärst ein Drei-Gänge-Menü. Daß sie sich nicht die Lippen leckt, ist ein Wunder.«

»Selbst wenn, die einzigen Lippen, an denen ich interessiert bin, sind deine«, murmelte er. »Komm, küß mich.«

»Cameron!«

Er senkte den Kopf, und seine Lippen fanden ihre. »Küß mich«, flüsterte er.

Hitze überflutete jede Zelle ihres Körpers, und ihr drehte sich alles. Sie schlang Cameron die Arme um den Nacken und schmiegte sich an ihn. Der Kuß, den er ihr gerade gab und den sie erwiderte, war eigentlich nicht für die Öffentlichkeit geeignet. Sie wünschte, sie wären in einem verdunkelten Schlafzimmer, wo es nur sie beide gab, wo sie ihre Sachen ablegen und auf den Kuß einen ekstatischen Liebesakt folgen lassen konnten, nach dem alles in ihr sich jetzt schon sehnte.

Aber Cameron schienen die Leute ringsum nicht zu

stören. Er küßte sie so lange und leidenschaftlich, bis sie in seinen Armen erschauerte. Erst dann löste er sich von ihr. Und als sie die Augen öffnete, hatte sie das Gefühl, daß sich der ganze Raum um sie drehte.

Er strich mit seinen Lippen über ihr Ohr, und seine Finger streichelten die nackte Haut ihres Rückens. »Laß uns von hier verschwinden.«

Die Musik verhinderte, daß die Tanzenden in der Nähe ihr Stöhnen hören konnten. Melisande befand sich in einer hoffnungslosen Situation. Immer tiefer geriet sie in die Verzauberung hinein, und immer schneller vergaß sie ihren Entschluß, diesem Zauber zu entfliehen.

Cameron lehnte seine Stirn an ihre. »Melisande? Ich will dich.« Heftiges Verlangen schwang in seiner Stimme mit. »Können wir gehen?«

Warum sollte sie sich etwas versagen, nach dem sie sich so sehr sehnte? Es war dumm und ohnehin eine verlorene Sache. Sie wollte ihn ebensosehr, wie er sie wollte. »Wir gehen, sobald wir Phyllis gesprochen haben.«

»Dann machen wir uns am besten gleich auf die Suche.« Er nahm sie wieder bei der Hand und führte sie von der Tanzfläche.

»Hallo, Cameron.«

Im stillen fluchend, blieb er stehen. »Hallo, Lisa.«

Lisa. Melisandes Kopf klärte sich sofort, als sie die hübsche Frau ansah, die vor ihnen stand. Und ihr Mut sank.

Lisa war alles, was Cameron Melisandes Meinung nach von einer Ehefrau erwarten konnte. Sie hatte das unvermeidliche glatte Haar der Frauen aus Lacy, und um alles noch schlimmer zu machen, war ihr Haar von einem wundervollen Champagnerblond, von der Farbe des Winterweizens, die nur Mutter Natur zu verdanken sein konnte. Ihr Kleid war ein glitzerndes Designermodell, perfekt für den Anlaß wie für sie. Und sie hatte samtig braune Augen, die vor Wärme und Freundlichkeit schimmerten. Melisande konnte keinen Fehler an ihr entdecken.

Lisa reichte ihr mit einem ungekünstelten Lächeln die Hand. »Sie müssen Melisande sein. Phyllis hat mir schon so viel von Ihnen erzählt, daß ich fast das Gefühl habe, Sie bereits zu kennen. Es tut mir leid, daß wir uns nicht eher begegnet sind.«

Obwohl Melisande in der Lage war, Lisa die Hand zu schütteln, brachte sie es nicht fertig zu sprechen. Nicht um ihr Leben wäre ihr auch nur ein Wort eingefallen, das sie zu diesem bezaubernden Geschöpf hätte sagen können. Vielmehr verspürte sie den heftigen Drang, in Tränen auszubrechen.

»Lisa, hast du Phyllis gesehen?« fragte Cameron.

Lisas Lächeln vertiefte sich. »Als ich sie zum letztenmal gesehen habe, hat sie gerade mit John getanzt, und die beiden sahen schrecklich glücklich aus.«

»Gott sei Dank!«

Lisa nickte zustimmend, und Melisande, die sie nicht aus den Augen ließ, fiel auf, daß ein weicher Glanz in Lisas Augen trat, als sie ihren Blick auf Cameron richtete. Diesen Gesichtsausdruck konnte nur eine Frau deuten, eine Frau, die dasselbe für ihn empfand: Lisa war verliebt in Cameron.

Melisande stockte der Atem. Der liebe Gott möge mir beistehen – ich liebe ihn, dachte sie.

»Ein paarmal in der letzten Woche«, bemerkte Lisa gerade, »war ich mir nicht sicher, wie es mit den beiden weitergehen würde. Ich wußte, daß sie zusammengehören, aber Phyllis war so verletzt, daß ich mir einfach keine Lösung ihres Problems vorstellen konnte.«

Cameron, der Melisandes Hand hielt, spürte, wie angespannt sie auf einmal war. Er ließ ihre Hand los, legte den Arm um ihre Schulter und zog sie an sich. »Ich glaube, John hatte einen kleinen Schock nötig, um aufzuwachen und zu erkennen, was los war, und sie brauchte etwas Zeit und Abstand zu ihm, um sich darüber klarzuwerden, was sie aufs Spiel setzte.« Während er mit seiner Hand zerstreut über Melisandes Arm strich, fuhr er fort: »Danke, daß du Phyllis in der letzten Woche aufgenommen hast.«

»Ich war froh, ihr helfen zu können.«

»Normalerweise hätte sie zu mir kommen können, aber im Haus herrscht ein ziemliches Durcheinander, und im Moment verfüge ich nur über ein Bett.«

Schatten, die nur Melisande bemerkte, kamen und gingen in Lisas Augen. Offensichtlich war Lisa sich der Tatsache bewußt, daß sie, Melisande, die Nächte in Camerons Bett verbracht hatte.

»Du brauchst dich doch nicht zu entschuldigen«, sagte Lisa. »Ich weiß, wieviel du zu tun hast, und ich habe gern geholfen.«

Lisas Offenheit erweckte in Melisande noch mehr Sympathie und Bewunderung. Wäre sie an der Stelle der anderen gewesen, hätte sie nicht halb soviel Würde aufgebracht.

Lisa wandte sich an Melisande. »Nachdem Phyllis und John nun wieder glücklich vereint sind, würde ich mich freuen, wenn Sie einmal zum Tee zu mir kämen.«

»Vielen Dank, das ist sehr nett von Ihnen, aber ich fahre morgen wieder nach Hause.«

Hoffnung flackerte in Lisas Augen auf, erlosch aber

schnell wieder. »Das tut mir leid. Vielleicht können wir uns bei Ihrem nächsten Besuch einmal treffen.«

Es war müßig, ihr zu sagen, daß sie nicht mehr nach Lacy kommen würde, fand Melisande. Wenn sie erst einmal fort war und Cameron nicht mehr an sie dachte, würde er Lisa vielleicht darüber aufklären.

Lisa spähte über Camerons Schulter und lächelte dann zu ihm auf. »Da kommen Phyllis und John. Ich lasse euch vier lieber allein.« Ihr Lächeln schloß auch Melisande ein, als sie sich verabschiedete. »Auf Wiedersehen – und kommen Sie bald wieder.«

»Auf Wiedersehen, Lisa. Ich habe mich wirklich gefreut, Sie kennenzulernen.« Und das meinte Melisande ehrlich.

Cameron sah stirnrunzelnd auf sie hinab. »Ist alles in Ordnung? Geht es dir gut?«

»Bestens.« Sie hatte sich in ihrem Leben noch nie so elend gefühlt. Sie hatte gerade entdeckt, daß sie ihn liebte, und gleichzeitig die ideale Frau für ihn kennengelernt. Sie kannte bereits sämtliche Gründe, warum aus ihrer Liebe zu Cameron nichts werden konnte, und, um ihre Qual zu vergrößern, konnte sie sehen, daß es nur eine Frage der Zeit war, bis er erkannte, daß er den Rest seines Lebens mit Lisa verbringen sollte.

»Hallo, ihr zwei«, begrüßte Cameron seine Schwester und ihren Mann, als die beiden näherkamen. »Ihr scheint euch ja glänzend zu unterhalten.«

»Tun wir«, sagte Phyllis glückstrahlend. »Melisande, Ihr Kleid ist atemberaubend. Sie sehen umwerfend aus.«

Melisande hörte sie kaum. »Danke«, erwiderte sie automatisch.

Der gutaussehende Mann an Phyllis' Seite streckte

lächelnd seine Hand aus. »Phyllis hat mir schon erzählt, wie hübsch Sie sind.«

»Tatsächlich?« entgegnete sie und lächelte.

»Allerdings, und sie hat nicht übertrieben. Sie hat mir auch ein paar der Dinge erzählt, die Sie über uns gesagt haben. Ich kann Ihnen gar nicht genug danken.«

Sie wünschte, Cameron würde aufhören, mit seiner Hand über ihren Arm zu streichen. Seine Berührung bereitete ihr Schmerzen. Zu atmen bereitete ihr Schmerzen. »Nichts zu danken. Ich freue mich nur, daß Sie und Phyllis wieder zusammengefunden haben.«

John nickte. »Ich fürchte, ich hatte aus den Augen verloren, was wirklich zählt, und vergessen, warum ich eigentlich so hart arbeite.« Er drückte Phyllis an sich. »Sie war der Grund. Ich schätze, ich habe versucht, was Erfolg angeht, ihrem Bruder nachzueifern, damit sie auf mich stolz sein kann.«

Phyllis legte liebevoll eine Hand auf Johns Brust. »Dabei hat er völlig übersehen, daß ich schon immer stolz auf ihn war.«

Melisande, die das Gefühl hatte, etwas Wichtiges verpaßt zu haben, sah von einem zum anderen. »Ihrem Bruder nacheifern?«

In diesem Moment hörte das Orchester auf zu spielen, ein Trommelwirbel ertönte, und ein hochgewachsener Mann mit silbergrauem Haar trat an das Mikrofon.

»Guten Abend, meine Damen und Herren. Ist es nicht ein erhebender Anblick, wie großartig sich alle unterhalten?«

Die Menge klatschte Beifall, und Cameron beugte sich zu Melisande, um ihr ins Ohr zu flüstern: »Das ist der Bürgermeister.«

Melisande interessierte es nicht, wer der Mann war.

Nichts interessierte sie, wenn Camerons Lippen ihren Hals streiften.

»Es ist der Tag unseres alljährlichen Wohltätigkeitsballs aber heute abend haben wir einen besonderen Anlaß zum Feiern, die Eröffnung des neuen Freizeitzentrums von Lacy.« Der Bürgermeister machte eine Pause, während die Menge erneut applaudierte, und fuhr dann fort: »Sehr viele Leute haben hart gearbeitet, um diesen Abend möglich zu machen, und sie alle sind in unserem Programm aufgeführt. Aber heute abend möchte ich vor allem einen Sohn unserer Stadt auszeichnen, damit wir ihm alle danken können. Cameron Tate, bist du hier?«

Melisande hörte Cameron leise fluchen, dann klopfte John seinem Schwager auf die Schulter. »Hier ist er«, rief er vergnügt.

Cameron beugte sich kurz zu ihr. »Bleib hier. Ich gebe dir mein Wort, daß ich es so kurz wie möglich mache und gleich wieder da bin. John, paß auf, daß sie sich keinen Schritt entfernt.«

»Wird gemacht. Melisande, Sie haben ihn gehört. Sie stehen unter Arrest, bis er zurückkommt.«

Phyllis lächelte sie an.

»Ich verstehe das nicht . . .«, murmelte Melisande, aber in dem lauten Applaus, der Cameron begleitete, hörte sie niemand.

Der Bürgermeister sprach weiter. »Dieses Zentrum war ein ehrgeiziges Projekt für eine Stadt unserer Größe, aber wir wußten, daß wir alle davon profitieren und unseren Kindern einen Platz für ihre Freizeitaktivitäten geben würden. Und diesem Mann und seinem Scheck über eine Million Dollar ist es zu verdanken, daß unser Freizeitzentrum heute abend schuldenfrei ist. Cameron . . .«

Melisande sah Cameron ans Mikrofon treten, hörte aber

nichts von dem, was er sagte. Sie war zu sehr damit beschäftigt, die Tatsache zu verdauen, daß Cameron der Stadt einen Scheck über eine Million Dollar geschenkt hatte.

Sie hatte jedes Zeitgefühl verloren, aber plötzlich stand Cameron neben ihr, eine Hand an ihrem Ellbogen, und verabschiedete sich von denen, die in der Nähe standen, während er Melisande zum Ausgang führte.

»Gott sei Dank, das wäre überstanden«, stieß er hervor, sowie sie draußen waren. »Ich hatte gehofft, dieser kleine Auftritt würde sich vermeiden lassen. Laß uns nach Hause fahren.«

»Ich möchte zurück ins Motel«, sagte sie.

Er sah sie neugierig an. »Warum?«

»Ich muß dort noch etwas erledigen«, log sie.

»Na gut. Aber versprich mir, dich zu beeilen, was es auch sein mag. Wenn ich dich nicht bald ganz für mich habe, kann ich für nichts mehr garantieren.«

10

Cameron lenkte seinen Wagen vor Apartment 6 und schaltete den Motor ab. »Wirst du lange brauchen?«

Melisande wandte sich zu ihm um. »Bevor ich reingehe, habe ich eine Frage.«

Er sah sie prüfend an. Während der Fahrt zum Motel hatte sie kaum gesprochen. »Welche?«

»Womit verdienst du dir deinen Lebensunterhalt? Und sag jetzt nicht, nur mit Dingen, die du gern tust.«

Er lächelte, erleichtert, daß es nur das war, was ihr keine Ruhe ließ. Er hatte schon befürchtet, irgend jemand oder etwas auf den Ball hätte sie aus der Fassung gebracht. »Aber das ist die Wahrheit.«

»Ja, okay, aber was genau sind die Dinge, die du gern machst und die dir genug Geld einbringen, um der Stadt eine Million Dollar zu schenken?«

Er machte eine wegwerfende Handbewegung. »Ich bin Generaldirektor der *Mesa*-Kette.«

Ihr blieb der Mund offenstehen. *Mesa* war eine extrem groß angelegte Kette äußerst erfolgreicher Restaurants im Stil des Südwestens. »Du bist *der* C.R. Tate?«

»Cameron Robert Tate, zu deinen Diensten.«

»Aber wie kommst du dazu, hier ein Haus zu renovieren?«

Er streckte eine Hand aus und und legte sie an ihre Wange. »Die Gründe kennst du bereits. Ich bin in dieser Stadt aufgewachsen, ich habe das Haus immer bewundert, und meine Schwester hat eine Krise in ihrer Ehe durchgemacht. Deshalb habe ich beschlossen, mich eine Weile vom Geschäft zu trennen, in ihrer Nähe zu sein und etwas Spaß bei der Hausrenovierung zu haben.«

»Deine Hauptniederlassung ist in Dallas«, murmelte sie. Er hatte erwähnt, daß er das Haus vielleicht als zweites Heim benutzen würde, aber sie war nie auf die Idee gekommen, ihn zu fragen, wo sich sein eigentliches Zuhause befand.

»Das ist richtig. Genaugenommen war das der Trumpf, den ich im Ärmel hatte. Wenn du nicht zugestimmt hättest, die Woche über zu bleiben, wäre ich dir nach Dallas gefolgt.«

»Du hättest dich an meine Fersen geheftet?«

»Was glaubst du?«

Sie war sich nicht sicher. Ihre Gedanken bewegten sich in zehn verschiedenen Richtungen zugleich. Und plötzlich fing sie an zu lachen, aber ihr Lachen klang eher rauh als belustigt.

Er zupfte an einer goldblonden Locke. »Was ist so komisch?«

»Mir ist gerade eingefallen, daß es diese letzte Woche vielleicht nie gegeben hätte, wenn ich an jenem Abend, an dem ich in dein Haus kam, gewußt hätte, wer du bist.«

»Warum nicht?«

»Zu wissen wer du bist, wäre das einzige gewesen, was mich von dem Bett hätte ablenken können. Die *Mesa*-Kette wäre ein phantastischer Kunde für meine Agentur, und glaub mir, ich habe so ziemlich alles versucht, um bei euch Werbeideen an den Mann zu bringen. Aber du und deine Leute, ihr seid absolut unzugänglich gewesen. Hätte ich gewußt, wer du bist, hätte ich es für eine einmalige Gelegenheit gehalten.«

Er schwieg einen Moment. »Dir ist doch klar, daß ich dir von Anfang an hätte sagen können, wer ich bin, daß ich die *Mesa*-Kette als Mittel hätte einsetzen können, um dich in meiner Nähe zu behalten?«

»Warum hast du es nicht getan?«

»Ich wollte, daß du meinetwegen bleibst, nicht wegen einer großen geschäftlichen Chance.«

»Aber ich wollte doch sowieso etwas von dir. Das Bett.«

»Das ist nicht dasselbe.«

Wieder lachte sie, aber auch diesmal klang es nicht unbeschwert. »Vermutlich hast du recht. Bestimmt hätte ich gesagt, zum Teufel mit meinen Schlafstörungen, und hätte um deinen Werbeetat gekämpft.«

»Der Etat gehört dir.«

Ihr blieb schon wieder der Mund offenstehen, aber

diesmal erholte sie sich schneller. »Nein, Cameron. Ich will den Werbeetat deiner Firma nicht.« Als ihr bewußt wurde, was sie gerade gesagt hatte, schüttelte sie den Kopf. Aber es war wahr. In der vergangenen Woche hatten sich ihre Prioritäten verlagert, und sie hatte entdeckt, daß es Dinge gab, die ihr wichtiger waren als ihr Geschäft.

»Warum nicht?« fragte er.

Weil sie ihn liebte. Weil sie nach der vergangenen Woche nicht mehr in der Lage war, nur noch eine rein geschäftliche Beziehung zu ihm zu unterhalten. »Weil es mir lieber ist, wenn es meine Ideen sind, die mir einen Werbeetat einbringen, nicht die Tatsache, daß ich mit dem Chef ins Bett gegangen bin.«

»Melisande«, sagte er leicht tadelnd, »ich weiß bereits, daß deine Ideen bestimmt gut sein werden. Ich habe eine Woche aus nächster Nähe erlebt, wie schnell dein Verstand arbeitet, und ich habe nicht den geringsten Zweifel, daß du hervorragende Arbeit für mein Unternehmen leisten wirst.«

Sie schüttelte wieder den Kopf, diesmal energisch. »Es geht nicht. Nach der Woche, die wir miteinander verbracht haben, wäre eine Geschäftsbeziehung ausgeschlossen. Wir sagen Lebewohl, und das war's dann.«

»Der Meinung bin ich nicht.«

Als ihr die Bedeutung seiner Worte klar wurde, weiteten sich ihre Augen ungläubig. »Du kannst unmöglich annehmen, daß wir uns nach morgen noch sehen werden!«

»Doch, Melisande, das tue ich.«

Sie durfte es nicht zulassen. Sie liebte ihn, und das hieß, daß es ihr nicht genügen würde, weniger als alles von ihm zu haben. »Ich bin hierhergekommen, um ein Bett zu bekommen, nicht einen Liebhaber.«

»Du kannst das verdammte Bett haben. Und was soll falsch daran sein, daß ich dein Liebhaber bin? Ich kann mich nicht erinnern, in der vergangenen Woche irgendwelche Klagen gehört zu haben.«

»Du willst mir das Bett nur geben, weil du glaubst, daß wir uns auch weiterhin sehen werden, und das will ich nicht.«

»Ich habe dir doch gesagt, daß das eine nichts mit dem anderen zu tun hat. Das Bett gehört dir. Okay? Keine wie immer gearteten Bedingungen. Du kannst das Bett haben. Jetzt sprechen wir über uns. Warum wird alles anders sein, wenn wir wieder in Dallas sind?«

Er glaubte vielleicht, sie hätte einen schnell arbeitenden Verstand, aber in diesem Moment war er ihr um einige Längen voraus. Sie fühlte sich wie ein verwundetes Tier, das sich nichts wünscht als einen dunklen, ruhigen Ort, wo es seine Wunden lecken kann. »Ich gehe jetzt rein. Ich habe beschlossen, die Nacht hier zu verbringen.«

»Warum?«

Sie zupfte nervös am Saum ihres Rockes. »Ich möchte heute nacht allein sein. Morgen früh komme ich zu dir, um zu hören, was du wegen des Bettes entschieden hast.«

»Du kennst meine Entscheidung. Das Bett gehört dir.«

Sie schüttelte den Kopf, ohne zu wissen, wogegen sie protestierte. Sie wußte nur, daß sie es keine Sekunde mehr aushielt, auf so engem Raum mit Cameron zusammen zu sein. Sie öffnete die Tür, stieg aus und eilte zur Tür ihres Zimmers.

Cameron folgte ihr und knallte die Tür hinter sich zu. »Dieses Gespräch ist noch nicht beendet.«

Sie starrte ihn hilflos an. »Cameron, geh bitte!«

»Erst wenn wir ein paar Dinge geklärt haben, angefangen damit, warum du auf einmal allein sein willst, wenn du vorhin schon fast bereit warst, mich auf der Tanzfläche zu lieben.«

Sie kämpfte gegen Tränen an. Sie wollte ihn so sehr, daß es sie förmlich zerriß, aber sie konnte nicht mit ihm schlafen, ohne ihm das Geheimnis ihres Herzens zu verraten. Sie mußte zumindest versuchen, Lacy mit intaktem Stolz und intakter Würde zu verlassen. »Vielleicht bin ich es leid, jede Nacht mit dir zu verbringen. Ist dir der Gedanke noch nicht gekommen?«

»Versuch's noch mal, Melisande.« Er streifte seine Jacke ab und warf sie auf einen Stuhl.

»Mach es dir nicht zu bequem. Du wirst nicht lange bleiben.«

Er lockerte betont seine Krawatte und warf Melisande einen harten Blick zu. »Ich bleibe – zumindest, bis alle Unklarheiten beseitigt sind.«

Wut stieg in ihr auf, so heftig, daß sie fast daran erstickte. »Was ist los, Cameron? Auf dem Ball waren mindestens drei Frauen, die liebend gern die Nacht mit dir verbringen würden. Reicht das nicht? Du mußt nur hinfahren und deine Wahl treffen. Aber überleg's dir zweimal, bevor du dich für Elizabeth entscheidest. Je öfter ich sie sehe, desto dämlicher kommt sie mir vor.«

»Du bist die einzige Frau, an der ich interessiert bin.«

Ihr Herz schlug Purzelbäume. »Sicher. Jetzt im Moment. Heute nacht. Aber wenn ich morgen fahre, werden die anderen schon darauf lauern, meinen Platz einzunehmen. Welche von ihnen wird es sein? Elizabeth, Mary Ann oder Lisa? Oder vielleicht eine andere, die ich nicht kenne?«

»Bist du fertig?«

»Ich habe noch nicht mal angefangen. In der Minute, als ich dich zum erstenmal gesehen habe, wußte ich, daß du in der Lage wärst, alles mögliche an jeden zu verkaufen. Mir war nicht klar, daß ich es mit einem Mann zu tun hatte, der für seine beinharten Geschäftspraktiken bekannt ist, und daß ich keine Chance hatte. Du hast mir die Idee verkaufen können, eine Woche zu bleiben. Ist das nicht genug?«

»Bei weitem nicht.«

»Sehr bedauerlich. Es wird genug sein müssen. Tatsache ist, daß ich die Nacht nicht mit dir verbringen will, so einfach ist das.«

»Ich glaube dir nicht. Was ist passiert, Melisande? War es irgend etwas auf dem Ball? Sag mir, was!«

Ihre Hände ballten sich zu Fäusten. »Ist dein Ego denn so groß? Kannst du nicht akzeptieren, daß ich vielleicht genug von dir habe?«

»Ein Kuß von mir, und du bettelst nach mehr.«

»Bastard!«

»Vielleicht. Sollen wir es ausprobieren?« Er machte einen Schritt auf sie zu.

Sie hob abwehrend eine Hand. »Nein! Bleib mir vom Leib!«

»Keine Chance.«

Ein Schauer durchlief sie, und sie wandte sich ab.

»Melisande?« Seine unerwartet weiche Stimme durchschnitt das Schweigen und rührte an ihr Herz.

Sie antwortete nicht, aus Angst, ihre Stimme könnte verraten, welche Qualen sie litt. Sie schlang die Arme um sich, um sich so ein wenig Trost zu geben, fand aber keinen.

»Ich will nicht, daß du das Gefühl hast, ich könnte deiner Karriere im Weg stehen. Solange dein Beruf dich

glücklich macht, macht es mich auch glücklich. Mir bedeutet mein Beruf auch sehr viel, nur habe ich gelernt, den Menschen, mit denen ich arbeite, zuzutrauen, mir einen Teil der Last abzunehmen. Ich hoffe, du wirst eines Tages dasselbe lernen. Es ist nicht zu übersehen, wie sehr du das, was du machst, liebst, und ich würde nie deinen Erfolg gefährden wollen. Glaub mir, das ist die Wahrheit.«

Verwirrt drehte sie sich langsam zu ihm um. »Meiner Karriere im Weg stehen? Wovon redest du?«

»Ich liebe dich, Melisande. Ich will, daß wir heiraten. Ich will, daß du meine Frau wirst.«

Ihr wurde erst heiß, dann kalt, dann wieder heiß. Ihr kam es vor, als hätte sich der Raum ausgedehnt und wieder zusammengezogen, und als wären gleichzeitig alle Lichter schwächer geworden.

»Hab keine Angst, Melisande.«

Angst? War es das, was sie bedrückte? Sie sollte überglücklich sein. Er hatte ihr gerade gesagt, daß er sie liebte, und der Himmel wußte, sie liebte ihn auch. Und doch, er hatte recht, dachte sie. Sie hatte Angst, Todesangst. »Ich weiß nicht einmal, wo meine Uhr ist«, sagte sie, ihre Stimme anklagend und schrill. »Sie ist verschwunden. Was hast du mit ihr gemacht? Wo ist sie?«

»Sie liegt in meinem Schlafzimmer auf dem Nachttisch. Okay?«

Tränen traten ihr in die Augen. Sie starrte ihn benommen an.

»Ich weiß, du glaubst, daß es für dich keine dauerhafte Beziehung geben kann«, sagte er sanft, »aber du irrst dich.«

Sie sah nicht, daß er sich bewegte, aber auf einmal stand er vor ihr und legte die Hände auf ihre Oberarme.

»Ich weiß, daß du mich noch nicht liebst, aber für den Anfang reicht meine Liebe für uns zwei. Sie ist die Basis, auf der wir den Rest unseres Lebens aufbauen werden.«

»Cameron . . .« Endlich drangen seine Worte zu ihr durch. »Du liebst mich?«

»Wenn du irgendwann in der vergangenen Woche abgefahren wärst, hätte ich mich sofort an deine Fersen geheftet.«

»Und das Haus? Die Renovierung?«

»Phyllis und John sind wieder ein Herz und eine Seele. Das Haus könnte ich schließen und die Arbeiten später fortsetzen. Ich könnte auch jemanden engagieren, der in meiner Abwesenheit die Arbeit überwacht. Ich habe detaillierte Pläne und deine Ideen zur Inneneinrichtung, die du schriftlich festgehalten hast. Es gibt immer Alternativen, Melisande. Man kann sein Leben neuen Verhältnissen anpassen, wenn man etwas Besseres gefunden hat, als man je zuvor hatte, und genau das habe ich in dir gefunden. Was wirklich zählt, ist nicht das Haus, du bist es. Ich kann mir keinen Tag vorstellen, an dem ich dich nicht sehe, keine Nacht, in der ich dich nicht in den Armen halte.«

Tränen liefen über ihr Gesicht. »Ich weiß, was du meinst«, flüsterte sie. »Ich habe mich gefragt, wie ich ohne dich je zurechtkommen sollte.«

Sein Griff verstärkte sich. »Soll das heißen, daß du mich liebst?«

Ihre Kehle war wie zugeschnürt. Melisande versuchte zu schlucken, konnte es aber nicht. »Ich liebe dich, aber . . .«

Er lächelte, triumphierend, zärtlich. »Ich weiß – du hast Angst. Aber vertrau mir, Melisande. Du wirst alles haben können, was du dir wünschst. Ich habe dich, und wir werden den Rest unseres Lebens zusammen verbringen.«

Sie hob ihre Hand, um sich die Tränen aus dem Gesicht zu wischen, doch dann legte sie sie statt dessen an seine Wange. All ihre sorgfältig geschmiedeten Pläne schienen an Bedeutung verloren zu haben. Cameron sagte, sie könnte alles haben, und sie vertraute ihm bedingungslos. »Alles, was ich will, bist du.«

Er lachte rauh, zog er sie an sich und küßte sie so lange und leidenschaftlich, bis sie sich beide kaum noch auf den Beinen halten konnten, und trug sie dann ins Bett.

Das Morgenlicht strömte durch die offenen Fenster, begleitet von der duftgeschwängerten Luft Lacys. Melisande dehnte und streckte ihren Körper träge und genießerisch wie eine Katze. Cameron lag neben ihr und beobachtete sie.

Sie schmiegte sich an ihn. »Weißt du, was mir gerade klargeworden ist? Ich habe die ganze Nacht geschlafen wie ein Murmeltier, und das, obwohl ich nicht in Tante Sarahs Bett gelegen habe!«

Er stützte sich auf einen Ellbogen und schaute auf sie hinunter, ein liebevolles Lächeln in seinen blauen Augen. »Ich wollte dir schon längst etwas sagen.«

Sie strich mit den Fingern über die Bartstoppeln auf seinem Kinn. »Ach ja? Was denn?«

»Der Grund, warum du jede Nacht in meinem Haus durchgeschlafen hast, war nicht das Bett deiner Tante Sarah.«

Sie runzelte kurz die Stirn. »Natürlich war es das.«

»Nein, völlig unmöglich. Sieh mal, du hast nicht auf der Matratze deiner Tante Sarah gelegen. Es ist nicht die

Matratze, auf der du als Kind geschlafen hast. Erinnerst du dich, daß ich dir erzählt habe, ich hätte neue Bettwäsche bestellt?«

»Ja.«

»Na ja, gleichzeitig habe ich eine neue Matratze anfertigen lassen, um die alte zu ersetzen.«

Eine *neue* Matratze!

Ein seliges Lächeln breitete sich auf ihrem Gesicht aus.

Sie hatte Schlaf gefunden, nicht wegen eines Bettes, sondern seinetwegen und wegen des tiefen, allumfassenden Glücks, das sie in seiner Nähe empfand, auch wenn es am Anfang unbewußt gewesen war.

»Ich liebe dich«, sagte er ruhig.

»Und ich liebe dich«, antwortete sie.

Sie streckte beide Arme aus, und er kam zu ihr.

ENDE